같이 걷는 길 ②

이인영 지음

같이 걷는 길 ②

THE WAY WALKING TOGETHER

좋은땅

2022년 10월 2일

지난『같이 걷는 길』1권 '투병 일기'에서는 약 1년 2개월 동안 투병 생활을 하면서 일상생활을 잘 유지하는 노력에 대해서 중점을 두었다면 이 책에서는 내 상태를 말기 암으로 보고 죽음을 대면하면서 투병을 하는 쪽에 무게를 두었다. 아무래도 몸이 극도로 쇠약해지면서 움직이거나 사람을 만나는 것 자체도 힘에 부치기 때문이기도 하다. 죽음을 맞이하는 큰 부류로 갑작스러운 비명횡사를 제외하고는 노환으로 적어도 겉보기로는 큰 고생 없이 천수를 다하는 경우가 있고, 나와 같은 암 환우들은 일정 기간 치료와 연명으로 고생하다가 떠나는 경우일 것이다. 후자의 경우 암을 극복한 경우를 제외하고는 말년에 대한 소감과 투병에 대한 가감 없는 고통에 대해 공감할 수 있는 글을 적어 내가 어떻게 임종 직전까지 투병 생활을 영위했는지 남기고 싶은 까닭에 다시 글을 쓰게 되었다. 적어도 글을 쓰는 동안에는 내가 살아 있는 이유가 있는 것이기도 하다.

한편, 내심 이 투병 기간을 나를 철저히 파고드는 수행의 시간으로 삼아 힘든 시간조차 한 걸음 더 나아가는 자세로 죽음과 대면하고 싶기 때문이기도 하다. 어쩌면 아주 드문 경우가 생겨 내가 건강을 되찾을 수 있을 것이라는 희망도 놓고 있지는 않는다. 그럴 경우라도 한계에 다다를 때까지 자신을 돌아보고 나와 같은 어려움을 겪게 될 환우분에게도 도움이 되고자 한다.

글 싣는 순서

2022년 7월의 시작

:

7월 1일 금, 세심처 들깨 정식

오전에 회사 일을 보고 늦은 오후 해 떨어질 무렵 세심처로 왔다. 정 사장이 내어 준 깻모로 미리 일궈 논 고랑에 깨를 심었다. 전날까지 퍼붓던 비는 어느새 그치고 오늘은 날씨가 화창하고 갑자기 찾아온 폭염이 기승이다. 깨는 장마 때 심는다고, 며칠 후면 다시 비가 온다고 하니 지금 부지런히 깻모를 심어야 한다. 보통 4월에 고추, 가지, 토마토, 옥수수 등을 심고 5월에는 고구마 심고 6월 말, 7월 초에 깨를 심으면 한 해 농사가 마무리된다. 혹 큰 농사라도 짓는 것이 아닐까 오해의 소지가 있어 미리 밝히지만 백 평 남짓 조그만 밭에 이것저것 심는 것이다. 오뉴월에 극심한 가뭄으로 심어 놓은 작물이 대부분 타 버렸는데 비 오기 전에 다시 심었더니 대부분 자리를 잘 잡았다. 병원에 있는 동안 비가 왔는데 퇴원해서 보니 바랭이 등 잡초가 무성해져 할 일이 많이 늘었다. 모를 잘 살리는 것이 내 건강 시스템을 잘 관리하는 것이라면 잡초를 제거하는 것은 몸 안에 있는 암을 제어하는 것과 같은 일이다. 농작물을 잘 관리하고 밭을 깨끗하게 하는 것은 병마와 싸우면서 내가 좋아서 하는 일 중 그만큼 신경이 많이 쓰이는 일이다. 올 한 해 농사를 잘 마무리하는 것이 내 버킷 리스트에 들어 있는 이유이다.

7월 7일 목, 세종 충남대학병원 진료

6월 24일 총담관에 스텐트를 삽입한 후 13일 만에 경과와 향후 치료를 위한 진료가 있었다. 오전에 가서 채혈하고 조치원 전통시장에 가서 점심을 든든하게 먹은 후 다시 병원으로 가서 채혈 결과를 먼저 살펴보았다. 간 수치와 빌리루빈 수치 등이 정상보다 높지만 계속 좋아지고 있다. 소화기내과 시술 담당의와 상담했는데 시술 당시 내시경 사진을 보여 주며 총담관에 고름이 많이 차 있다고 하며 조금 더 늦었으면 심각한 상태로 갈 수 있었다고 한다. 향후 재발할 수 있으니 잘 관리하라고는 하지만 뚜렷한 대책은 없다. 혈액종양내과 주치의와 상담하니 현재까지의 항암 치료 방법에 한계가 있으니 바꿔 보는 게 좋겠다고 한다. 소위 제3세대 항암제로 통칭 면역관문억제제라고 하며 키트루다와 옵디보 등이 있다. 효과 면에서는 현재까지의 세포독성 항암제보다 우수한데 건강보험 비급여 품목으로 가격이 비싸다는 단점이 있다. 다음 주에 CT를 찍어 보고 어떻게 해야 할지 정해야 할 것이다. 현재 상황이 썩 좋지 않기 때문에 이달 말에 독일에 다녀오는 것을 취소하게 된 것은 정말 아쉽다. 꼭 건강을 회복하여 좋은 컨디션으로 아들이 사는 독일에 다녀올 날을 기대해 본다.

7월 9일 토, 대전대학교 한방병원

고주파 온열치료를 작년 12월부터 7개월 동안 얼마 전 스텐트 시술 받은 2주를 제외하고는 매주 한 번씩 29차례 받았다. 암이 확산하는 것을 최소화하는 데 큰 도움이 되었을 것으로 믿는다. 온열치료를 받고 손 교수가 침과 뜸을 놔 주었다. 그동안의 헤모글로빈 및 적혈구 수치가 올라가는 경과를 보고는 내가 아주 회복이 빠른 경우라고 용기를 북돋아 주었다. 항상 긍정적인 생각을 갖는 데 큰 도움을 준다. 모처럼 점심을 같이하며 '피로회복'에 대한 이야기를 하였다. 항암뿐만 아니라 피로는 누구에게나 발생하는 만연된 질병으로 이에 대한 잘 정리된 review paper은 의사나 연구자뿐만 아니라 일반인에게도 큰 도움이 될 것이다.

7월 11일 월, 8번째 CT 촬영

CT 촬영 후에 몸 상태가 나빠졌다. 손가락 움직이기도 귀찮고 음식도 못 먹겠고 이런저런 생각하는 것도 힘들다. 한두 번 있는 일도 아니지만, 몸이 아프면 만사에 의욕이 없고 귀찮은 것이다. 이 글을 쓰는 것은 몸이 다소 회복되었다는 것이며 당연히 어제의 기억을 상기하는 것이다. 시술이 끝나고 6월 27일 퇴원 후에 식욕도 좋아지고 몸도 다소 편해지고 세심처에서 적당한 정도의 일만 했는데 왜 이런지 알 수 없다. CT를 처음 촬영하는 것도 아니고 조형제의 부작용이 이렇게 나타날 리 없는데 도무지 알 수 없다. 항암제를 맞은 지 한 달이 지나서 그 부작용도 줄어들었을 텐데…. 무리하지 않고 몸을 잘 관리해야겠다.

7월 13일 수, 응급실에 실려 감

그제부터 몸 컨디션이 좋지 않았으나 '쉬면 되겠지' 생각했다. 어제는 조금 좋아진 것 같았다. 아침에 열이 약간 있어 해열제를 먹었더니 금방 식욕도 생겨 설렁탕면 한 그릇을 먹었다. 자가진단을 했더니 다행히 코로나 감염은 아니었다. 점차 좋아지겠지 생각했는데 오후 들어 갑자기 온몸에 오한이 나고 누워 있어도 좋아지지 않았다. 아내는 병원에 가자고 하는데 나는 한사코 거부했다. 잠깐 잠이 들었나 싶었는데 갑자기 구토가 나오고 정신이 가물가물해졌다. 어느새 구급 요원이 나를 침상에 올려 구급차에 싣고 병원으로 이송하고 있었다. 밖에는 비가 계속 오고 나는 고열 때문에 몇 시간을 기다려 격리 병실로 옮겨 코로나 검사를 하고 급한 대로 수액을 맞았다. 급하게 오는 바람에 땀에 젖은 반소매 상의와 반바지 차림으로 격리실에서 추워서 덜덜 떨었던 기억이 난다. 두 시간여 지난 후 음성을 확인하고 일반구역으로 옮겨진 다음 해열제를 맞고 혈액을 채취하고 심전도도 측정하고 CT도 찍었다. 오한의 원인을 찾기 위한 각종 조치인데 혈압이 90 이하로 떨어져 있어 여러 조치를 하였지만 별 소용이 없었다. 시간이 한참 지난 후 일반병실로 입원하였을 때는 거의 자정이 가까워져 있었다. 하루 동안 난리를 치르고 아내는 집에 가서 뒷정리하고 내일 오도록 하고 나는 깊은 잠에 빠졌다.

7월 14일 목, 세균 감염

주치의가 회진을 돌면서 혈액에 세균이 감염되었음을 암시한다. 특별한 일이 없었는데 왜 몸이 피로하거나 식욕이 떨어졌는지 이제서야 이해가 된다. 한편 생각하면 미리 예상해 볼 수도 있는 일이다. 특히 담도 또는 담낭암의 경우는 더욱 그렇다. 담즙의 흐름이 원활하지 않으면 감염의 위험이 커지고 농이 생기고 다시 담즙의 배출은 더욱 어렵고 간 수치가 나빠지고 황달로 진행되며 급기야 패혈증으로 진행될 수 있는 것이다. 지난번 스텐트 시술 때 농이 많이 차 있었다는 것을 알았는데 그때 혈액 내 세균 검사를 했더라면 좋았을 것이라는 생각이 든다. 아무튼 지금 주사를 맞고 있는 항생제가 잘 들어서 고름을 밖으로 빼내는 배농관 설치를 하지 않고 해결되길 바랄 뿐이다.

7월 15일, 금, 혈압 정상화와 빌리루빈 수치 개선

점심 지나 김 교수가 회진차 왔다. 반가운 소식은 간 수치(AST, ALT)와 빌리루빈 수치가 정상 범위로 돌아왔다는 것이다. 혈액 내 세균을 검사한 결과 Klebsielae로 판명되었고 일반적인 경우 2주간 항생제 주사치료를 받고 퇴원 시 경구 투여제로 전환한다는 것이다. 아마 다음 주 경과를 보고 치료 방법을 정할 것 같다. 다행스러운 것은 문제가 심할 경우 내시경 또는 초음파를 이용하여 고름의 위치를 찾아내고 고름을 제거하기 위해 배농관을 삽입해야 하는데 항생제 처리만으로 치료가 가능할 것 같기도 하다는 것이다. 일찍 병원으로 와서 신속하게 처리한 것이 참으로 다행이란 생각이 든다. 주로 간에 생긴 농양은 혈액을 오염시켜 장기들이 정상적으로 작동하지 못하고 종래에는 사망에 이르는 무서운 패혈증이 되는 것이다. 그래서 입원 당시 혈압이 85 이하였을 때 다들 걱정이 많았으나 오늘은 혈압이 100을 넘어 혈류에는 문제가 없어 보인다. 주말을 잘 넘기면서 다음 주에는 더 개선이 되길 바란다.

7월 15일 금, 흰 구름 - 아내

푸르른 허공에 덧없이 흩어지는 흰 구름만 봐도 서럽다.

한쪽 날갯죽지 떨어진 어깨마냥 쓰라린 고통이 짓누르는 호흡이…. 습한 무더위 속에서 머릿속에 흘러내리는 땀물과 함께 몸속 깊이 젖는다.

그냥 이만큼… 지금 이 상태…. 여기서 시간이 멈춰 버리면….

7월 16일 토, 설사

어제 손등에 꽂은 주삿바늘을 케모포트로 옮기니 밤사이 움직임이 편했고 어느 때보다 개운한 느낌으로 아침을 시작한다. 약간의 두통도 없어졌고 혈압은 지극히 정상이다. 내가 맞는 항생제를 알아보니 '타조페란'으로 페니실린 계열이다. 지금과 같이 컨디션이 회복되는 것을 보니 항균 효과가 좋은 것 같다. 그런데 어느 순간 살짝 방귀를 뀐 것 같은데 뒤가 이상하다. 화장실에 가서 보니 묽은 변을 살짝 지렸다. 항생제의 부작용이다. 자기 전까지 총 7번의 설사를 했다.

7월 17일 일, 죽는다는 것

아름다운 죽음을 생각해 본다. 죽는 순간까지 품위를 유지할 수 있으면 좋겠다. 그런데 그것은 지극히 운이 따라야 함을 알 수 있다. 호흡이 잘 안 되거나 식사를 못 해 굶주리게 되는 등 몸이 고통스러우면 아무런 생각이 나지 않고 다만 고통에서 벗어나고픈 일차적인 생존 본능에 시달리게 될 것이다. 자신도 모르게 신음을 지르는데 무슨 품격 운운할 수 있겠는가? 병실에 홀로 있는데 누구로부터 연락이 오지 않으면 '아, 죽으면 이렇게 잊히는구나!'라는 생각이 든다. 주변의 동료나 어른이 갑자기 세상을 떠났을 때 내가 느낀 감정을 생각해 보면 당연하다는 생각이 든다. 나의 죽음에 대해 무언가 의미를 부여하고 싶지만 다른 사람의 죽음에 대해서는 잠시의 애도만 있을 뿐 가끔의 애잔한 기억으로만 남는다. "있을 때 잘해!" 내가 살아 있는 동안 좋은 관계를 유지하는 것이 중요한 이유이다.

7월 18일 월, 균혈증 치료

아침에 채혈하고 점심 지나 주치의가 회진차 왔다. 혈액수치는 좋아졌는데 균주 동정 결과 Klebsielae 말고 Enterobacter균이 추가로 동정되었다고 한다. 나는 내일 퇴원을 희망했지만, 결과를 지켜보아야 한다고 했다. 혈액 내 균주가 항생제에 의해 소멸되었는지 확인하기 위해 혈액 채취를 하였다. 확실한 결과를 알기 위해서는 약 3일이 소요된다고 하니 어쩌면 주말까지 입원해야 할지도 모른다. 감염된 미생물의 확실한 제어가 쉽지 않은 일이다. 혈액 내 칼륨 농도가 기준보다 높아 농도를 떨어뜨릴 약을 추가로 처방 받았다. 별것 아니라고 생각했는데 신장 기능 또는 호르몬 대사에 영향을 주는가 보다.

7월 19일 화, 병원 생활 즐기기

아침에 주치의가 회진을 왔고 미생물 검사 결과와 항생제 설계를 보고 향후 일정을 검토하자고 한다. 점심은 병원식을 취소하고 오랜만에 칼칼한 사발면으로 대신했다. 아내가 집에 간 사이 나는 잠시 눈을 붙인 후 아주 안락한 시간을 보내고 있다. 의상대사의 「법성게」를 한 자 한 자 적어 보며 베토벤의 〈운명교향곡〉부터 들어본다. 오늘은 병실이 조용하고 쾌적해 편안한 휴식처에 있다고 해도 과언이 아니다. 병실에 홀로 있다 보면 가끔은 '인간 목숨이나 파리 목숨이나 매한가지 아닌가?'라는 회의에 빠진다. 인간의 목숨을 경시해서가 아니라 살아간다는 것이 어떤 의미가 있냐는 케케묵은 생각의 나락에 떨어지는 것이다. 「법성게」에서 나를 건져 올릴 한 구절을 찾아본다. 무명무상절일체(無名無相絶一切)! 이름과 모양이 모두 끊어진 상태에서 더 이상 나를 붙잡고 있을 필요가 없다는 생각이 든다. 마치 조용한 암자에서 시원한 바람을 맞으며 베토벤의 영혼의 심연을 두드리는 음악에 나를 맡겨 본다.

7월 20일 수, 퇴원

만 일주일 만에 퇴원한다. 항생제가 감염균주를 효과적으로 퇴치했나 보다. 퇴원수속을 마치고 병실에 같이 있던 사람을 격려하고 수고한 간호사에게 인사했다. 경구용 항생제를 처방 받고 다음 주 목요일에 진료 받고 항암제를 바꾸어 항암치료를 이어 가기로 했다. 영희가 와서 점심을 같이했다. 모처럼 먹은 칼칼한 김치찌개가 그동안의 입에 물렸던 병원식의 밍밍함을 다 날려 보냈다. 너무 행복하다.

집에 돌아오는 길에 퍼뜩 떠오른 생각이 있는데 세균이 지난 달 스텐트 시술하면서 감염이 된 것이 아닌가 하는 생각이 들었다. 균이 위장관에 주로 있는 것이며, 시술 시 위와 십이지장에 상처가 났을 수 있으며 시술 후 약 20일 동안 균이 자라 퍼지기까지 시간적으로도 맞아떨어지는 것 같다. 향후 의사가 챙기지 못하면 나라도 챙겨야 할 거 같다.

7월 21일 목, 임플란트

오랫동안 고대하던 임플란트를 마쳤다. 그동안 한쪽으로만 씹느라고 불편했는데 싱싱한 어금니 두 개가 생긴 것이다. 작년 4월 2일에 이를 뽑고 임플란트를 계획했는데 4월 말에 담낭암 판정을 받고 입원과 항암제 치료를 하면서 임플란트 할 겨를이 없었다. 항암제 투여로 인한 피로와 잔여수명이 불확실한데 임플란트를 한다는 게 격에 맞지 않았다. 암세포의 전이가 활발하지 않고 몸 컨디션도 다소 좋아진 5월에 뼈에 기둥을 세우는 임플란트 시술을 받았다. 감염과 출혈의 위험을 감수한 결정인데 이때는 백혈구나 혈소판 수치가 양호했을 때이다. 6월과 7월에 황달과 감염으로 입원까지 했는데 그전에 시술을 마친 것은 정말 적절한 타이밍이었다. 이제 새 이를 장착했으니 앞으로 최소 일 년은 잘 살아야 겠다.

7월 23일 토, 어머니 제사

어머니 기일에 맞추어 천안공원 묘원에 다녀왔다. 2002년에 담도암으로 고생하시다가 돌아가셨으니 만 20년이 된 셈이다. 형제와 조카들과 수항이 내외가 참석하여 어머님을 기렸다. 승희 딸 경진이는 이제 한 달 있으면 아기 엄마가 된다. 인성이 딸 재연이는 대학 졸업 전 이미 취업해서 사회생활을 하고 있다. 인창이 아들 동준이는 다음 달 초에 군에 입대한다. 아이들의 어렸을 때 모습을 기억하는데 이미 다 장성해서 사회의 일익을 담당하고 있으니 시간이 지나고 세상이 변하고 있음을 실감한다.

점심을 같이 먹으며 환담을 나눈 후 수항이 내외와 아내와 나는 세심처로 내려왔다. 잠시 쉰 뒤 우경이는 잔디를 깎고 나는 둑 위의 풀을 베고 아내와 수항이도 밭을 정리하는 데 한몫 거들었다. 날이 흐리고 덥지 않아 일하는 데 크게 불편하지는 않았다. 너무 힘들지 않을 만큼 일하고 모닥불을 피웠다. 나 스스로 체력을 조금씩 회복해 가고 있는 것을 느낄 수 있었다. 모처럼 형제들과 같이해서 기분 좋은 날이다.

7월 28일 목, 면역항암제 옵디보

세종 충남대학병원에 진료받으러 갔다. 몸은 나른하고 무거웠지만, 혈액검사 결과는 아주 양호했다. ALP를 제외하고는 간 수치와 빌리루빈 수치도 정상이고, 백혈구와 적혈구 수치도 양호했다. 염증 수치도 정상으로 돌아온 것으로 보아 혈액 내 세균은 잠식된 것 같다. 혈액종양내과 김 교수가 새로운 면역항암제인 옵디보를 맞아도 되겠다고 하여 뒤로 미루지 않고 항암제 특성과 부작용에 대한 교육을 받고 바로 주사실로 갔다. 다소 부작용이 걱정은 되나 잘 견뎌 낼 수 있으리라 다짐해 본다. 기존 세포독성항암제는 다섯 시간 정도 주사를 맞는 데 비해 한 시간이면 주사가 완료되니 이것도 아주 편한 일이다. 단지 새로운 면역항암제는 가격이 비싼데 내 경우는 'gemcitabine 기반 요법에 실패한 수술 불가능한 국소진행형 또는 전이성 담도암 2차 이상'에 해당하여 제조사로부터 일정 부분 환급 받을 수 있다고 하니 다소 비용이 경감되길 바랄 뿐이다. 이 항암제가 내게 잘 맞으면 기대 수명이 대폭 늘어날 수 있을 텐데 하는 기대를 하는 한편 너무 욕심을 내지 말자고 마음을 다독거려 본다. 병원에서 나와 바로 세심처로 가서 정 사장을 만나 오랜만에 몸보신을 위해 영양탕 한 그릇을 잘 먹었다. 몸이 개운하다.

7월 30일 토, 수행과 정진

아내는 친구들과 좋은 시간을 보내고 있었다. 밖은 한여름의 무더위로 35도를 넘나들었다. 나는 집에 홀로 있었다. 가벼운 복통, 소화불량과 피로감으로 무기력하게 앉았다 눕기를 반복하면서 시간을 보내고 있었다. 내가 언제까지 살 수 있을까? 올 연말? 아님 일 년 더? 최근 연속된 입원은 병이 갑작스럽게 진행될 수 있다는 것을 의미하는데…. 새로운 항암제는 효과가 있을까? 20%의 확률이라고 하던데…. 이런저런 망상까지 겹쳐 몸과 마음이 심란하기 그지없었다. 마음을 가다듬자! 지금 내 상태를 있는 그대로 받아들이자! 힘들면 힘든 대로, 나아지면 나아지는 대로! 그리고 끊임없이 움직이자. 책도 보고, 음악도 듣고, 경전 사경도 하고, 영어 공부도 하고…. 마음을 다잡고 실제로 그렇게 했다. 언제 죽더라도 끊임없이 정진하자. 저녁엔 아내와 세심처로 갔다.

7월 31일 일, 수선화 구근 심기

태풍 송가의 영향으로 온종일 비가 왔다. 비가 잦아들면 뜰과 담으로 나가 봄에 캐 놓은 수선화 구근을 심었다. 두 박스 가득한 구근을 원래 있던 꽃밭에도 심고, 돌담 가장자리에도 심고, 울타리 밖에도 빙 둘러 심었다. 내년 봄에 세심처가 수선화로 가득 찰 생각을 하면 벌써 고소한 마음을 금할 수 없다. 이것도 희망이다. 오후에 제하가 서울서 광주 가는 길에 들러 함께 비 구경을 하였다. 지상이가 삼성에 취직한 일은 아주 잘 된 일이다.

7월을 정리하며

- 점입가경(漸入佳境)

　7월은 곡식과 풀들이 무성하게 올라올 때이다. 6월 초면 논에 벼 모내기를 하고 6월 말께 깻모를 심으면 한 해 농사의 한 단원을 넘긴다. 볏모는 우쑥우쑥 자라 어느새 들판을 초록으로 물들인다. 보통 7월이 되면 장마가 시작되는데 온갖 식물들이 왕성하게 자란다. 7월 초에 깻모를 심고 잡초를 잘 관리해 줘야 하는데 나는 몸이 피곤할 때가 많았고 급기야 7월 13일에는 병원으로 실려 가 입원을 해야 했으니 밭에 풀을 관리할 일이 까마득하다. 나에게 농사는 돈벌이가 아니고 한 해 주기로 곡식과 꽃들이 제대로 열매를 맺거나 피고 지는 것을 느끼는 일이 내 주된 즐거움의 하나이기 때문에 그냥 방치한다는 것은 살아가는 재미가 반감되는 일이다. 씨를 뿌리거나 모를 심는 것도 다 때가 있는 것처럼 잡초를 제거하는 것도 때를 놓치면 곡식보다 웃자라 농사의 결실을 거두기 어렵다. 특히 장마 때는 하루가 다르게 잡초가 번성하는데 특히 바랭이는 위로 옆으로 번지는 것이 장난이 아니다. 이런저런 고민을 하다가 세심처에서 항상 말벗이 되어 주고 농산물도 나눠 주는 정 사장에게 연락해서 밭을 매 줄 분을 찾아 달라고 부탁했다. 퇴원해서 보니 나와 아내가 했으면 일주일도 부족했을 일을 아주 말끔하게 정리해 주었다. 좋은 이웃을 둔 덕분이다.

6월에 황달이 와서 병원에 입원할 때 '올 것이 왔구나!' 하며 앞으로 더욱 조심할 관리 사항이 늘었다는 비감한 생각이 들었다. 그런데 전혀 예기치 않았던 균혈증(혈액에 세균이 감염)으로 오한과 구토로 병원에 재차 입원할 때는 '병이라는 것이 이렇게 진전이 되는구나!'라는 생각이 들었다. 다행히 항생제가 잘 들어 일주일 만에 퇴원하고 회복기에 들었는데, 자칫 심했으면 패혈증으로 진전되고 사망에 이를 수 있다는 사실을 깨달았다. 몸에 이상이 있을 때는 어떤 식으로든 나타난다. 다만 모를 뿐이다. 6월과 7월에 연달아 이런 일이 생길 것이라곤 전혀 예상하지 못했는데 겪고 나니 앞으로 어떻게 관리해야 할지 마음을 다잡게 된다. 운동을 하되 절대 무리하지 말고 온열치료는 꾸준히 하고 담즙을 배출하는 데 도움이 되는 약을 잘 복용하고 무엇보다도 암세포의 번식을 제어할 수 있는 새로운 치료법을 모색해야 하겠다고 마음먹는다. 이런 이유로 7월 28일에는 면역항암제로 알려진 옵디보를 처음 주사 맞았다.

시간은 흐른다. 투병 중에도 보람이 있었던 일은 아내가 개인전을 열기 위한 준비를 차곡차곡 해 왔으며 나도 책 출판을 위해 교정에 차질이 없도록 노력했다는 것이다. 항상 입원해 있는 것이 아니며 입원해 있더라도 몸과 마음은 움직일 수 있으니까!

2022년 8월의 시작

:

8월 2일 화, 사촌 형 방문

외사촌 형들(덕환, 국환, 그리고 낙환)이 아산에 있는 선산의 분할 등기를 신청하고 저녁 즈음에 문병차 집에 왔다. 굳이 오실 필요가 없다고 했지만, 서울로 갈 길이 바쁜데 아산에서 공주로 내려왔다. 내가 중학교 이학년 때 서울로 올라가서 고등학교 이학년까지 외삼촌 댁에서 학교에 다녔고 그리고 삼학년 때는 학교 근처에서 자취와 하숙을 하고 다시 일 년 재수할 때 외삼촌 댁에서 지냈으니 중요한 성장기를 형들하고 같이 지낸 셈이다. 둘째 형(덕환)하고는 종종 바둑을 두었고 낙환 형하고는 두 살 터울이라 이런저런 일로 부대끼며 지낸 기억이 새롭다. 내겐 친형이 없었으니 사촌 형들이 내 형이나 다름없었다. 이모와 큰외삼촌께서 서울에 계셔서 종종 찾아뵈었으나 어머니께서 돌아가시고 나서 20년 가까이는 바쁘기도 하고 나는 대전에 내려와 있어 왕래가 뜸했다. 내가 이종사촌들과 작은외삼촌 슬하 사촌들보다는 나이가 많고 큰외삼촌 댁 형들보다는 손아래라서 중간 역할을 잘할 수 있었는데 회사를 창업하고 가정에 신경 쓰다 보니 친척과의 관계는 뒷전으로 밀려났다. 그렇게 시간은 지나고 각자 희로애락을 겪으며 지내오는 사이 내가 아프다는 소식을 듣고 격려차 찾아와 준 형들에게 새삼 미안하고 고마운 마음이 든다. 앞으로 사촌과의 우애를 증진하기 위해 노력해야겠다.

8월 4일 목, 내 병에 대한 치료 가이드라인

그저께 갑작스러운 복통으로 매우 힘들었다. 한동안 배가 쌀쌀하게 아프기는 하였지만 참기 어려운 상황이었다. 진통제를 먹고 얼마 동안 누워서 쉬었더니 고통이 잦아들었다. 그런 일들이 반복해서 발생하는 것을 방지하기 위해 세종 충남대학병원 혈액종양내과에 진료를 신청해서 문의했더니 설사가 심하지 않은 것으로 보아 장염은 아닌 것 같으니 경과를 지켜보자고 한다.

한편, 향후 치료에 대한 세부적인 대안을 마련하기 위해 내 암 상태에 대해서 궁금한 것들에 대해 상세히 물어보았다. 간에 전이된 정도, 원발 부위인 담낭의 상태, 담도와 십이지장에로의 침윤 정도, 그리고 복막 전이로 인한 복수의 과다 정도 등에 대해 CT를 보며 설명을 들었다. 관리기준을 크게 세 가지로 나누어서 정리하면 첫째, 담즙 배출이 용이하도록 해야 하고, 둘째, 복막 전이암이 커지지 않도록 해야 하며, 셋째, 암이 사멸 또는 관해(remission)되도록 노력해야 한다. 이러한 목표를 달성하기 위해서 그동안의 경험과 혈액 분석 결과를 토대로 몇 가지 핵심적인 결론에 도달하였는데, 원활한 담즙 배출을 위해서는 우루소데옥시콜산 함유제제(예: 우루사)와 실리마린(silymarin) 함유 제제의 섭취가 필요하며, 복막 전이암의 확산을 방지하기 위해 온열치료가 필수적이고, 암을 제어하기 위해서 새로운 항암제의 선정이 필요하다고 생각하게 되었다. 현재까지 잘 견뎌 온 것을 바탕으로 더욱 잘 관리를 하여 오랫동안 건강을 잘 유지해야겠다.

8월 6일 토, 규리가 독일에서 오다

규리, 정연, 그리고 기항이가 코로나로 고생하고 어제 입국하여 평촌에서 하루 자고 공주에 내려왔다. 6월 18일 독일로 갔다가 한 달 반 만에 돌아왔는데 규리는 어느새 이도 아래위로 5개가 나고 의사 표현과 몸 움직임이 많이 활발해져 유아에서 어린이로 성장한 것 같았다. 아내와 나를 보고 웃어 주는 미소 천사! 정말 귀엽기가 이루 말할 수 없다. 비행기를 타고 오는 동안에도 한 번도 칭얼거리지 않아 주변 승객들이 감탄했다고 하니 나름 특별한 데가 있다. 수항이와 우경이도 내려와 점심은 콩국수로 시원하게 먹고 저녁은 마트에서 참치회를 떠서 독일에서 가져온 와인과 곁들여 맛있게 먹었다. 가족이 다 모이는 것은 풍성한 일이다. 내가 하는 일은 가급적 말을 줄이는 것이다. 예전 같으면 이래라저래라 계획도 짜고 자리가 만들어지면 대화를 한담시고 잔소리가 많았으나, 이제는 아이들이 잘 알아서 하고 나는 조용히 자리를 같이하는 것으로 충분하다. 그래도 집안에는 어른이 있어야 한다고 중요할 때 한마디할 필요가 있다. "오늘은 이만하고 내려가서 쉬자!" 저녁 식사를 마치고 효정이가 언니들과 규리를 보러 집으로 와서 즐겁게 지냈다. 사촌이 좋은 이유이다. 밤에는 모처럼 조카 재연이 문자를 보내왔다.

> "큰아버지, 안녕하세요. (중략) 설마다 큰아버지 댁에 가는 게 저에겐 여행 가는 것 같았어요. 큰엄마 음식도 너무 맛있었고 수항이 언니랑 그림 그리는 것도, 기항이 오빠 기타 연주 듣는 것도, 큰아버지랑 얘기 나누는 것도 너무 즐거워서 지금까지도 너무 소중한 추억으로 남아 있어요. 좋은 기억 만들어 주셔서 감사합니다. (하략)"

참 뿌듯한 글이다! 재연이가 이런 생각을 하고 있다니 나의 부족함을 느낀다. 어쨌든 어느새 집안의 어른으로 내 잠재적인 역할이 있으니 건강하게 잘 지내야겠다.

8월 8일 월, 항생제 처방

금요일, 아내의 사촌인 박용주 선생님 내외를 만날 때만 해도 컨디션이 아주 좋았다. 토요일, 몸이 피로해지기 시작하더니 일요일은 더욱 심해졌다. 뜸도 두 번이나 뜨고 계속 쉬었음에도 불구하고 열이 나기 시작해서 해열제를 몇 알 먹었으나 몸이 덜덜 떨리기 시작했다. 급기야 구토가 일어나 한 달 전과 같은 증상으로 여겨져 구급차를 타고 응급실로 갔다. 코로나 검사를 하는 동안 격리실에 있으면서 이런저런 테스트를 했다. 혈액 분석 결과를 오늘 보니 빌리루빈 및 염증 수치가 상승해 있었다. 지난번보다는 낮아서 그랬는지 퇴원시키고 오늘 외래진료를 받도록 조치했다. 김 교수는 아직 혈액 내 세균이 남았을 가능성을 보고 항생제 처방을 해 주었다. 몸이 아주 민감한 상황이다. 병원에 입원하지 않고 잘 해결될 수 있기를 바란다.

8월 9일 화, 코로나 확산

코로나가 다시 확산되고 있다. 올 3월 중순에 확진자가 60만 명으로 피크를 치고 6월에는 만 명 정도를 유지하였는데 7월 들어 계속 상승하여 오늘은 14만 명이다. 주변에도 확진자가 계속 생기고 있다. 딸과 사위도 걸렸고 기항이 가족이 국내로 오기 전에 코로나로 고생했으며 회사에는 김 대표, 박 차장, 최 반장 등이 순차적으로 걸렸으며, 내가 다니는 병원에서도 의사 선생님도 걸리고 코로나가 아니더라도 감기로 고생하는 친구들도 있다. 조카 동준이도 입대 전 열이 있어 긴장했으나 다행히 음성이었다. 주변의 상황이 그렇다 보니 나도 불안해진다. 내가 코로나에 걸리면 그러지 않아도 감염 등으로 암 치료에도 어려움이 생겼는데 더욱 곤란해질 수 있다. 아내까지 문제가 생기면 전시 일정을 계획대로 소화하는 데 문제가 있고 연로하신 장인, 장모님의 건강에 이상이 생길 수 있어 각별히 조심해야 한다. 언제 정점을 이루고 다시 하향할지는 알 수 없으나 개별적인 방역에 힘쓸 때이다.

8월 12일 금, 종양표지인자 CA19-9 급상승

지난 일요일 오한과 구토로 응급실에 실려 갔던 터라 그동안의 경과가 궁금하였다. 새로운 항암제 옵디보 2차 투여 차 병원에 일찍 가서 채혈하고 11시에 진료받았다. 혈액 수치는 대부분 정상으로 돌아와 황달과 감염으로 인한 문제는 당분간 발생할 것 같지는 않다. 그런데 담낭암 관련 주 종양 표지인자인 CA19-9의 수치가 926으로 급상승하였다. 이게 무엇을 뜻하는가! 몸속에서 암이 준동하고 있다는 말인데 기운이 쭉 빠진다. 물론 CA19-9가 절대적인 의미가 아니라 참고 수치라고는 하지만 37 이하가 정상인데 계속 올라 1,000 가까이 육박했다는 것은 좋은 징조가 아니다. 얼마 전에 읽었던, 췌장암으로 사망한 Randy Pausch가 쓴 『마지막 강의』에서 본인의 CA19-9의 수치가 208인 것을 보고 사망선고를 받은 것으로 받아들였다고 했는데(해당 서적 59쪽 참고), 나는 확진 당시 100을 넘어 5월 초에는 350, 그리고 현재 1,000에 육박하니 수치의 상승을 심각하게 받아들일 수밖에 없다. 그 이유는 정확히 알 수 없으나 지난 두 달간 두 번 입원하면서 항암치료를 중단했으며 입원하는 동안 별도의 온열치료도 하지 못했기 때문이 아닐까 추측해 본다. 배가 쌀쌀하고 밖의 날씨도 매우 덥고 마음도 의기소침해 집에 와서 그냥 누웠다. 새로운 항암제 옵디보가 효과를 주지 않는다면 나에게 남은 시간이 얼마 되지 않을 수도 있다.

8월 13일 토, 배가 빵빵해지다

한 달 남짓 배가 쌀쌀하게 아프고 소화가 잘 안 되었는데 어제저녁에는 윗배가 눈에 띄게 부풀어 올랐다. 여러 정황으로 볼 때 복수가 차오른 것 같다. 밤새워 뒤척이다 아침에 일어나 부지런히 대전한방병원에 갈 준비를 한다. 복수가 차는 것은 대부분 말기 암의 징조이며 그로 인한 고통을 받는 것을 어머니 때도  보아 심경이 착잡하기 그지없다. 손 교수가 진료를 보더니 복수가 조금 찬 것 같다고 한다. 복부 촬영을 하고 혈액을 채취한 다음 이뇨제를 처방받았다. 손 교수의 차분함이 나를 편안하게 한다. 오후에 고정헌 박사가 오랜만에 전화해서 안부를 묻는다. 마음이 여린 친구라 그런지 전화 끝에 촉촉한 눈물이 느껴진다. "이제 환갑이 넘었으니 앞서거니 뒤서거니 하는 것이겠지요!" 그래, 노력해 보고 안 되더라도 받아들이자.

8월 19일 금, 복수천자(腹水穿刺)

복수천자, 꼭 무협 소설에서나 나올 법한 단어이다. 하긴 배에 관을 넣어 체액을 빼내는 것이니 유쾌한 상상을 할 수는 없다. 복강에 물이 차는 것은 특별한 치료 방법이 없어 이 지경이면 말기 암에 해당한다. 세상을 뜰 날이 얼마 남지 않았다는 이야기다. 6월에 황달, 7월에 감염, 이제는 복수, 참 가지가지 하는 셈이다. 다행히 새로운 항암제가 등장하고 온열치료 방법도 고도화되어 말기 암이더라도 계속 아침에 일어나니 몸도 아주 불편하고 호흡도 쉽지 않아 아침 식사 후 세종 충남대학병원 응급실을 찾았다. 담당의가 배를 여기저기 눌러 보더니 복수천자를 하겠다고 한다. 처음이라 대략 500cc 정도 배액을 하게 될 것으로 예상했으나 정작 한 시간 정도 만에 약 3,000cc의 체액이 배출되었다. 그동안 몸이 아주 불편했을 만하다. 관을 삽입한 주사기를 꼽고 진행하는 시술은 생각하기엔 두려움이 있었으나 막상 해 보니 통증도 크지 않고 몸에 큰 무리가 없는 시술이었다. 복수가 찬 상태로 지속하는 것이 오히려 병을 더 키울 수 있는 우려가 있다. 혈액과 체액 검사 결과도 양호했다. 문제는 암을 제어하지 않으면 복수는 반복해서 차오르고 계속해서 시술받아야 한다. 아무튼 온열치료에 집중하고 새 항암제가 내게 잘 맞기를 고대해 본다.

8월 23일 화, 영화 관람

모처럼 영화를 상영관에서 한 편 보았다. 아침에 대전한방병원에서 온열치료를 받고 집에 오는 길에 순두부를 한 그릇 먹었다. 언제부턴가 식욕이 현저히 떨어져 먹고 싶은 것도 적고 식사량도 줄었다. 배에 복수는 계속 차오르고 복통이 빈번하게 발생하며 기력도 떨어졌다. 쉬는 것이 능사는 아닌 것 같아 모처럼 영화관을 찾았다. 이정재가 연출하고, 이정재와 정우성이 주연인 〈헌트〉라는 영화로 전두환 시절의 북한 테러와 안기부 내의 음모, 그리고 민주화 운동에 대한 탄압을 소재로 한 작품으로 예상치 못한 반전과 반전 그리고 액션이 잘 섞인 영화이다. 통일과 대북 정책에 대한 많은 생각거리를 던져 주었다는 점에서도 단순한 액션물을 뛰어넘는 작품이다. 그러나 한 가지 분명한 사실은 폭력에 대한 폭력적인 대응은 한계가 있다는 점이다.

8월 27일 토, 규리 천사

규리가 와 있는 동안(8. 6. 토~8. 15. 월 그리고 8. 24. 수~8. 27. 토) 아쉽게도 몸 상태가 좋지도 않고 병원에 자주 들락날락하는 바람에 제대로 안아 주지도 못했다. 다행히도 규리는 하루가 다르게 커서 안기기보다 앉아서 놀거나 기어다니길 좋아한다.

세상의 모든 할아버지와 할머니 중에서 손자 또는 손녀를 귀여워하지 않는 사람이 있겠는가? 나도 예외는 아니다. 사실 아이들을 그렇게 좋아하는 편도 아니었고 아이들도 내 무거운 인상 탓이었는지 내게 오기를 주저하는 경우도 많았었다. 그런 내게 사랑의 마음을 가득 안겨다 준 규리에게 너무나 고맙게 생각한다. 내 손주가 남의 자식보다 더 호감이 가는 것은 당연한 일이겠지만 규리는 여러 면에서 특별하게 여겨진다. 아이들은 배가 고프거나 졸릴 때면 으레 칭얼거릴 텐데 그런 적을 본 적이 없다. 장거리 비행기 여행 때도 울거나 칭얼거리지 않아 주변 승객이나 승무원들이 'great baby'라고 칭찬을 아끼지 않는다고 한다. 더욱 놀라운 것은 엄마와 아빠 모두 다른 일로 집을 비워 아내와 내가 돌보더라도 엄마를 찾지도 않고 의젓하게 잘 논다. 이제 10개월이 막 지나 의사 표현이 분명해지면서 제 뜻에 맞지 않으면 가끔 아주 잠깐 소리를 지르기도 하나 이 또한 귀여울 뿐이다. 세상에 한 달 일찍 태어나 조그만 몸으로 보호받아야만 했을 때만 해도 제발 건강하길 간절히 바랬는데 이제는 아주 씩씩하고 튼튼한 어린이로 성장하고 있다. 이도 아래위로 계속 나고 이유식도 잘하고 옹알이도 제법 한다. 하루하루 새로운 모습에 모두 깜짝깜짝 놀랄 뿐이다. 규리가 신기한 또 다른 이유는 처음 보는 사람을 낯가리지도 않으며 그 사람이 웃어 주면 귀여운 미소로 대응을 해 주어 사람들이 좋아하지 않을 수 없게 하는 특별한 재주가 있다. 아마도 이 모든 것이 부모의 특히 며느리의 지극정성 사랑과 원칙과 긍정을 중시하는 교육의 힘에서 비롯되었다고 생각한다. 정연아, 고맙다!

8월을 정리하며

- 무소 뿔처럼 혼자서 가라

근본불교 초기 경전 『숫타니파타』에서는 기쁨과 슬픔에 빠지거나, 고난과 죽음에 맞닥뜨리더라도 "무소 뿔처럼 혼자서 가라"고 역설하고 있다. 나는 존재와 살아가는 의미 모두 '같다'에 모든 생각을 귀결시켰는데 상반되는 이야기는 아니냐고 자문해 본다. 그러나 한편 생각해 보면 수행은 같이할 수 없으며, 깨달음은 누가 도와줄 수는 있으나 철저히 자신의 노력으로 이루어야 할 일이다. 결국은 수행은 홀로, 삶은 함께라고 결론지어 본다. 내가 겪고 있는 병과의 싸움은 온전히 내 몫이고 죽음도 홀로 받아들여야 할 대상이다. "소리에 놀라지 않는 사자와 같이, 그물에 걸리지 않는 바람과 같이, 흙탕물에 더럽혀지지 않는 연꽃과 같이, 무소의 뿔처럼 혼자서 가라."

앞일은 알 수 없다. 더구나 언제 세상을 떠날지는 누구도 모른다. 내가 말기 암이라고는 하지만 급작스럽게 떠날지 아니면 몇 년을 더 살지는 아무도 모르는 일이다. 암이 크게 전이되지 않았다고 할 때만 해도 나는 생각보다 오래 살 수 있을 것이라는 은근한 희망이 있었다. 그러나 6월과 7월 황달과 감염으로 고생하고 이달에는 배에 찬 체액을 빼내기 위해 두 번이나 응급실을 찾는 등 계속되는 질환으로 몸과 마음이 가라앉았다. 사실 투병 생활을 한 지 일 년 반 가까이 되는 동안 이번처럼 아픈 적은 없었다. 잦은 복통으로 진통제를 떼 놓고 지낼 수 없는 상황이다. 어머님이 돌아가시기 전에 복수가 차고 창자가 끊어질 듯 아프다고 하시고 모르핀주사를 수시로 맞으셨는데 내가 그런 단계로 가는 건 아닐까 염려가 된다. 차라리 그게 확실하다면 받아들이기라도 하련만, 온열치료의 효과와 새로운 항암제에 대한 기대가 있고 겉보기에는 적어도 일상을 유지하고 있으니 쉽게 마음을 내려놓는 것도 죄스러운 일이다. 어머님께서는 암 투병 시 고통에 더해 참 외로우셨을 것 같다. 아버님이 먼저 떠나시고 홀로 투병 생활을 한다는 것이 얼마나 힘든 일인 줄은 내가 아내에게 얼마나 의지하고 있는지를 생각해 보면 잘 알 수 있다. 그러나 살아가는 데 다른 사람에게 도움이 되고 의지처가 될 수는 있으나 대신 살아 줄 수는 없다. 가자, 가자. 무소 뿔처럼 혼자서 가자!

2022년 9월의 시작

⋮

9월 3일 토, 3번째 복수천자

밤사이 복통이 견딜 수 없을 정도로 심하였고 진통제도 그 효과가 잠시뿐이었다. 더욱이 어제부터 배가 차올라 음식을 섭취하기도 어려웠다. 다음 주 아내 전시회도 있고 만날 사람들도 많아 이대로라면 아무것도 못하고 집에 누워만 있어야 할 판이다. 아내의 조언도 있고 해서 점심에 만나기로 한 식장 모임은 참석을 취소하고 세종 충남대학병원 응급실로 직행했다. 벌써 3번째라서 그런지 우려보다는 원만히 잘되길 바라는 마음으로 침대에 편히 누워 복수가 배 밖으로 나오기를 기다렸다. 한 시간 남짓 양 3,500cc의 복수를 제거했으니 배가 꺼지고 몸도 한결 가벼워지고 허리를 펴는 데도 큰 어려움이 없다. 단지 먹은 것도 없이 영양분의 대부분이 몸 밖으로 나왔으니 기력 뚝 떨어지는 것은 당연하다 싶다. 휴식 차 세심처에서 하루를 보냈으나 밤사이 찾아오는 복통은 어쩔 수가 없었다. 암이 더 진행되어서일까? 아님, 새로운 항암제에 대한 적응 현상일까? 둘 다? 어찌 되었건 이대로는 버티기가 힘들다. 다음 주 진료 받을 때 좋은 안내를 기대해 본다.

9월 5일 월, 서울 아산병원에 다녀오다

서울 아산병원은 국내외에서 알아주는 대형 의료기관이다. 보통 종양내과 교수진이 일반 대학병원에서는 5인 이하이나 여기서는 40명을 상회하니 의료진의 경험과 다학제 간의 장점이 부각될 수 있다. 그러나 워낙 환자가 몰리다 보니 예약을 잡기도 어렵고 적시에 치료를 기대하기 어려운 단점이 있다. 경희의료원에서 세종 충남대학병원으로 옮겨 만족스럽게 치료받고는 있으나 주변의 조언도 있고 항암제를 바꾸는 시점에

서 여러 문제가 돌출되어 온지라 한번 이야기를 들어 봐야겠다고 생각
했다. 두 달을 기다려 오늘 빗줄기를 뚫고 서울로 가서 그동안의 경과에
대해 말하고 의사로부터 들은 이야기의 핵심은 '지금까지 잘 치료를 받
아 오셨고 향후에도 현 주치의와 잘 상담해서 진행하시라.'는 이야기로
압축되었다. 항암제의 표준치료 방법이 워낙 제한적이고 건강보험 대상
도 정해져 있다 보니 어딜 가도 큰 차이가 없을 것이라는 이야기다. 더
욱이 요즈음처럼 복수천자를 빈번하게 해야 할 경우라면 교통과 절차에
걸리는 시간이 길 경우 용의하게 치료받을 수도 없을 것이다. 이대로 잘
하자. 좀 더 주도적이고 적극적으로….

9월 6일 화, 아내의 전시회

어젯밤까지 태풍 '힌남노'의 영향으로 비바람이 거셌다. 아침에 대전
한방병원에서 치료받았다. 주말보다는 몸 컨디션이 살아나는 것 같다.

오후에는 아내 전시회가 시작된다. 전날 비가 오는데도 작품을 무사
히 옮기고 여럿이서 밤늦게까지 전시를 한 보람이 있었다. 대전시실, 소
전시실, 접견실까지 꽉 차게 가지런히 전시된 작품이 갤러리의 품격과
잘 어울려 손색이 없는 개인전이 준비된 것이다. 문화원장과 사무국장,
친구들, 바탕 회원, 미협 간부들 등 30명을 상회하는 손님들이 찾아와 축
하해 주었다. 원장의 축사와 전 미협회장, 나 선생의 격려사와 아내의 고
마운 마음을 전하는 개회식을 마치고 전시 구경도 하고 일부는 식당으
로 자리를 옮겨 저녁 식사를 하면서 담소를 즐겼다. 나는 주로 이기형 교
수 내외와 시간을 같이했다. 임동식 화백이 찾아와 작품을 찬찬히 감상
해 주고 제민천변을 연속물로 그린 소품을 구입해 준 점도 큰 격려가 된

다. 성공적인 개인전의 시작이다.

9월 7일 수, 전시회 이틀째

추석 맞이와 전시회 관람을 겸해서 동생들(인성, 인창 내외)과 정연, 규리, 수항과 우경이가 공주로 내려왔다. 가족이 함께하는 전시회는 아내에게도 남다른 의미가 있었으리라. 집에서 보던 작품이 좋은 전시 공간에서 빛을 발하고 있으니 모두 엄마의 그리고 형수의 예술의 깊이에 대해서도 감동을 받았을 것이다. 처제와 아내 친구들도 왔다 갔다. 저녁에 아내가 집에 왔을 때는 목소리가 많이 갈라져 있었다. 온종일 서 있고 작품 해설을 하고 손님을 맞이한다는 것이 고된 일이라고는 생각되나 드물게 하게 되는 전시회인 만큼 최선을 다하고 싶은 게 작가의 마음! 정성을 다함과 편안함의 추구는 병행하기 어려운 갈림길에 마주치는 경우가 발생한다. 물 많이 마시고, 적게 말하고…. 다음 날 코로나 검사를 하였는데 음성으로 나와서 다행이기는 하나 암튼 조심하고 또 조심할 일이다. 저녁 식사를 하고 정연이와 규리 그리고 수항 내외는 서울로 향했다. 이제 이틀 후면 정연이와 규리가 독일로 출국한다. 4월 17일에서 6월 18일까지 두 달, 그리고 8월 6일부터 9월 10일까지 한 달, 며느리가 출산휴가의 많은 시간을 우리나라에서 가족과 함께 지낼 수 있었던 점은 참으로 감사한 일이다. 언제 독일에서 또는 한국에서 다시 만날지는 모르나 그때까지 건강할 수 있도록 최선의 노력을 해야 하겠다. 사랑한다, 규리야~!

9월 8일 목, 진료상담

지난주 CT 결과와 오늘 혈액 분석 결과를 놓고 주치의와 상담하였다. 전이가 심해졌고 복막전이암도 활동이 커졌다. 복수가 차는 것도 줄일 방도가 마땅치 않고 복통을 가라앉힐 방법으로 진통제를 쓸 것밖에 없다고 한다. 새로 적용한 면역항암제의 일종인 옵디보도 효과를 기대하기 어렵고 앞으로 두 번 정도 투약한 후 별 효과가 없으면 중단하는 것이 낫겠다고 한다. 종합병원에서 표준 치료로는 더 이상 해 볼 도리가 없고 생명 연장책을 강구할 때라고 하였다. 혹시나 했던 일이 역시로 드러나는 상황이다. 아무쪼록 고통 없이 이 삶을 잘 마무리할 수 있기를 간절히 희망한다.

9월 9일 금, 김일수 딸 혜성이 전시회에 오다

혜성이와 동생 성은이가 전시회 관람하는 동안 아내도 일수 부인과 이야기하며 눈가를 촉촉이 적신다. 일수 딸 혜성이가 오랫동안 암 투병하고 있다는 이야기는 익히 들어서 잘 알고 있다. 초등학교 저학년부터 지금까지 무려 20년 동안 반복되는 항암제와 수술로 몸과 마음이 황폐해졌을 만도 한데, 아픈 것을 제외하고 이쁘고 환한 미소가 천사가 따로 없다는 생각이 든다. 그 고통을 어떻게 견디며 지내왔을까? 상상하기 어렵다. 몇 마디 나누면서 느낌으로 알기로는 긍정적인 생각과 일상에 충실한 덕분이 아닌가 싶다. 물론 가족의 헌신적인 정성도 크겠지만…. 부디 건강하거라!

9월 14일 수, 헤어질 준비

기적이라는 것은 발생했을 경우에만 해당되는 일이다. 그간의 경과를 보면 확률적으로 올해를 넘기기 어려울 것으로 판단된다. 이제 해야 할 일을 최대한 줄이고 마무리를 해야 할 시간이 된 것 같다. 언제 떠나더라도 갑작스러운 일이 되지 않도록….

오늘 오전에는 공주 우성에 있는 웰리스센터에 가서 뜸 시술을 받았다. 등짝까지 땀이 줄줄 흐르고 뜨거움에 놀랍기도 했으나 기적을 바란다기보다 통증을 줄이고 마지막까지 최선을 다하고자 함이다. 저녁에는 인쇄소와 연결이 되어 인쇄 감리를 보기로 했다. 수항이가 내일 저녁에 파주에 가서 수고 좀 할 것이다. 저녁은 조금 먹었으니 몸은 무겁지만 조그만 산책을 할 셈이다.

9월 16일 금, 한 발짝 한 발짝 이를 악물고

제대로 산책한 것이 언제인가 싶다. 아마 6월에 피로도가 커지고 빈번한 입원과 시술로 몸이 점차로 가라앉으며 일어나 걷는 것이 아주 힘든 일이 되었다. 말기 암 선고를 받고 뜸 치료를 시작하였는데 웰니스 방 원장의 잔소리가 이만저만이 아니다. 토하더라도 드시고 운동하세요, 운동하세요. 틀린 말이 아니다. 복수가 차올라 식사를 할 수 없고 호흡도 가빠지지만, 운동도 하지 않고 식사도 거른다면 어찌 생명을 유지하리! 엊그제 동네 한 바퀴를 도는 데도 아주 애를 먹었지만 용기를 내어 제민천 산책에 도전해 보았다. 왕릉교까지 왕복 1.5km 정도를 수시로 쉬어 가면서 기필코 목적을 달성하였고, 할 수 있다는 뿌듯함에 자신감이 생겼다. 아내도 내가 잘하고 있다고 격려를 아끼지 않는다.

시련은 쉽게 끝나지 않는가 보다. 새벽 2시경 종아리에 경련이 일어나 숨쉬기도 어려워 데굴데굴 굴렀다. 여보, 날 좀 어떻게 해 줘~ 진통제도 먹고 피도 뺀다고 야단법석하고, 쉽게 진정되지 않는 고통에 마음속으론 '살려 줘, 죽여 줘'를 반복하며 몸을 최대한 편하도록 애썼다. 가까스로 다시 잠들었으나 두세 시간 간격으로 반복되는 경련에 죽음보다 두려운 것이 고통이라는 생각이 새삼 들었다.

9월 17일 토, 무신론자임을 밝힘

유 주교와 허성우 부제가 영국에서 한 달 넘게 체류하다가 얼마 전 아내 전시회에 축하 방문했었다. 그런데 그날따라 몸이 아주 불편해 집에 있었고 만나지 못했는데, 오늘은 내가 꼭 하고 싶은 이야기가 있어 집에서 만났다. 언제나 그랬듯이 내 쾌유를 위해 하느님(신교에서는 하나님이라고 부른다)에게 지극정성으로 기도를 드리는 친구이다. 그것을 잘 알기 때문에 둘 다 알고는 있겠지만 내가 무신론자라는 사실을 새삼 밝힌다는 것이 무척 계면쩍은 일이기도 하다. 그러나 죽음에 임박한다고 하더라도 개종하거나 하느님을 영접하지 않으리라는 것을 스스로 잘 알기 때문에 내 생각을 분명히 밝히고 싶었다. 고맙게도 유 주교는 "하느님은 많은 얼굴을 가지고 계시네!"라고 하고 허 부제도 "성공회에서는 모든 종교에 열려 있어요."라는 말로 이해해 주고 격려해 주었다. 나도 비록 하느님을 영접하지는 않았지만, 하느님의 주 가르침인 '평화'에 대해서 깊이 공감하고 실천하려 애쓰는 사람이라는 것을 강조하였다. 마음의 평화, 가정의 평화, 그리고 세계 평화는 우리가 실천해야만 하는 중요한 덕목이다. 이런저런 환담을 곁들이고 헤어지기 전에 나의 쾌유를

위한 기도를 올렸다. 아멘~

9월 18일 일, 다시 한 걸음 옮기고

의자에 앉아 생각을 모으고 자판을 두드리는 것도 힘들어졌다. 배가 많이 불러와 물 마시기도 불편해 아침에 세종 충남대학병원 응급실에 가서 복수를 빼고 알부민 주사를 맞았다. 8월 19일에 복수천자를 시작해서 오늘까지 총 6회에 걸쳐 시술을 받았는데 처음에는 하루 평균 300cc 정도이던 것이 이제는 800cc까지 늘었다. 체중도 7kg가량 줄어 이제는 58kg까지 내려갔다. 이대로라면 조만간 말라 죽겠다는 생각도 든다. 먹는 것도 부실하고 운동도 거의 하지 못하니 지금 침대에서 일어나지 못하면 영영 못 일어날 것이라는 생각이 든다. 그래서 통계상으로 복막전이암이 무섭고 생명을 유지하기 어렵다는 이야기가 나온다.

저녁에는 무거운 몸을(무거워서 무거운 것이 아니라 체력이 극도로 떨어져 일어나 걷기가 힘듦) 일으켜 제민천 산책을 시도하였다. 한 발짝 한 발짝! 너무 힘들어 말도 못 하고 묵묵히 걷기만 할 뿐이었다. 왕릉교까지 갔다 돌아오는 길은 왜 이리 힘든지 의자가 있으면 무조건 쉬고 숨을 고른 후 다시 집으로 발길을 옮긴다. 이럴 필요가 있을까? 차라리 곧 임박할 죽음을 준비하는 것이 낫겠다는 생각이 든다. 그래도 가자! 삶의 의미를 '정진'에 두지 않았던가!

9월 21일 수, 성태, 금아 씨 문병 오다.

제주에서 성태 부부가 나를 보러 왔다. 수시로 연락은 해 왔지만 서로 일들이 많아 작년 늦가을에 보고 해를 넘겨 처음이다. 금아 씨는 친구

부인이라기보다는 각별한 친구이다. 나에게 항상 좋은 말을 해 주고 서로 왕래하며 맥주도 마시고 소소한 낭만을 즐기는 것도 비슷하다. 점심 때쯤 집에 와서 근처에서 청국장을 모처럼 맛있게 먹고 곰나루 솔밭 길을 걸었다. 부쩍 복수가 차올라 걷기가 쉽지 않았지만 따뜻한 가을 햇살과 바람을 즐기며 다정한 친구와 같이 걷는 것은 행복함이었다. 감사합니다. 집에 돌아와 차 한잔 마시고 헤어질 때 금아 씨가 기어이 눈가를 적시며 "죽지 마~ 절대로…. 제주에서 보자~"라고 말했다. 그래, 잘 이겨 내자!

9월 22일 목, 끊임없이 순환하는 생명

일산에서 수항이가 내려와 같이 점심을 먹고 세심처로 건너갔다. 꽃밭 한편에 심어 놓은 수선화 구근이 하도 무성해서 봄에 캐 놓아 울타리에 빙 둘러 심고도 남았는데 그것을 석축 위에 줄지어 심었다. 이른 봄이 오면 세심처가 온통 수선화로 흐드러지게 덮이리라. 며칠 전에는 한 달 반 정도 키운 열무를 다듬어 처제한테 주었더니 처제가 시원한 열무김치를 담가 가져다주었다. 주말에는 빽빽이 자란 무도 솎아 주고 시금치도 파종해서 늦가을과 이른 봄에 먹을 수 있기를 기대한다. 농작물은 여름에만 자라는 것이 아니라 거의 일 년 내내 자란다. 늦가을에 김장배추를 수확하고 나면 마늘을 심어 겨울을 나서 수확하니 생명의 터전인 흙이 있으면 사시사철 할 일은 끊이지 않는다. 살아가는 일도 쉼이 없는 까닭이다. 아이들이 농사를 알고 생명의 순환을 잘 깨닫기를 바란다.

저녁에 집에 돌아와 수항이가 실내 운동용 자전거를 설치해 주었다. 부모님의 건강을 위하여 아들과 딸이 마음을 낸 것이다. 고맙다. 건강할게!

9월 23일 금, 몸이 극도로 피곤해짐

예정된 검진이 있어 아침에 채혈하고 진료받으러 세종 충남대학병원에 왔다. 집부터 몸이 힘들더니 앉기도 어렵고 걷기는 더욱 힘들었다. 아무래도 복수가 많이 차서 그런가 싶다. 진료받으니 전해질이 많이 떨어져 그럴 수 있으니 입원해 치료받을 것을 권한다. 책 출판도 가까워졌고 회사도 신경 쓸 일이 있고, 뜸 뜨는 일정과도 맞춰 보아야 하고 마음의 준비가 전혀 안 되어 다음 주 목요일로 연기하고 오늘은 복수천자만 하기로 했다. 복수가 생각보다 많아 한 시간 반 만에 4,500cc 배출하였다. 그러니 허리를 세우기도 힘들고 먹기도 힘들었던 것이다. 그리고 알부민 주사는 맞는다고 해도 혈장 성분이 그렇게 빠져나오니 전해질이 떨어질 수밖에 없을 것이다. 하느님을 믿지는 않지만 '오! 주여!'라는 말이 입에 맴돈다. 체력 소진도 만만치 않아 집에 와서 배 위에 뜸을 올려놓고 한숨 잤다. 배가 홀쭉해지고 식욕이 올라와 저녁에 소머리국밥을 잘 먹고 집에 와서 또 쉬었다.

9월 27일 화, 8번째 복수천자

아침에 가누기 힘든 몸을 일으켜 웰니스센터에서 간신히 족욕과 쑥뜸을 하고 점심도 하기 어려워 건너뛰고 공주의료원에서 복수천자를 할 수 있으리라는 기대를 하고 찾아갔으나 시스템의 문제로 포기하고 다시 세종 충남대학병원 응급실로 갔다. 대기실에서 한 시간을 꼬부리고 누워 기다리다 4시경에 복수천자를 시작하고 8시가 넘어 집에 돌아왔다. 사흘 만에 4리터의 복수를 빼냈으니 하루당 1리터 정도의 복수가 찬 셈이다. 복수를 빼고 나면 몸을 일으켜 세우고 먹을 수 있는 공간이 생기지만 기력이 없기는 매한가지이다. 복수를 빼고 나면 당일은 기진맥진하고 다음 날부터 이틀 정도 움직이는 데 약간 도움이 된다. 무엇보다도 복수가 차오르면 복부 압박으로 인한 불쾌감이 나를 몹시 지치게 한다. 하루빨리 복수가 진정되기를 학수고대할 뿐이다. 밤에 집에 오니 오매불망 기다리던 책이 도착하였다. 일 년만의 결실이다.

9월 30일 금, 기력이 방전

세종 충남대학병원에 입원했다. 기력이 하나도 없다. 아침을 요구르트와 과일 한두 쪽으로 간단히 마치고 병원 복도를 걸었으나 허리를 펴기도, 몇 발짝 떼기도 힘들다. 어제는 변비 때문에 온종일 고생했는데 화장실에서 두세 시간 변기를 붙잡고 애썼으나 속수무책이고 몸만 탈진되는 현상마저 나타났다. 병원에 와서도 매우 불편하였으나 차도가 없다가 밤이 되어 약간의 배변을 하고 밤사이 몸이 편해졌다. 변비는 그런대로 해소되었으나 먹는 것도 시원찮고 기력도 없으니 이래서 정상적으로 회복할 수 있을지 오리무중이다. 엎친 데 덮친 모양으로 그저께 채혈한 혈액검사 결과도 좋지 않다. 담도암과 관련이 큰 종양인자인 CA19-9의 수치가 끝을 모르고 계속 올라가 1,990을 상회한다. 이 수치가 절대적인 기준은 아니지만 계속 올라온 경향과 복수가 빠르게 차오르는 것을 감안하면 암의 세력이 수그러들 기미를 보이지 않는다는 것이다. 9월이 지난다. 10월 한 달을 잘 버틸 수 있기를 간절히 기도해 본다.

9월을 정리하며

- 결실의 계절에

9월은 결실의 계절이다. 추석을 전후해서 햇과일과 햇곡을 수확한다. 아내와 내게는 더욱 의미 있는 일이 있으니 아내의 개인전 전시회와 나의 책 출판이다.

아내의 개인전은 공주로 이사한 지 만 10년이 되고 올해 환갑이 되어 예전부터 마음에 두고 있던 일을 어려운 가운데 진행하여 좋은 결실을 맺었다. 내가 작년부터 투병하면서 뒷바라지 때문에 생각을 미뤄 놓았는데 공주문화원에서 향토작가로 선정되어 지원받게 되면서 바쁜 시간을 쪼개서 작품 전시를 위한 노력을 병행하였다. 그동안 바탕회를 통해 단체전에서 선보였던 작품도 포함해서 '공주 이야기'라는 주제로 풀어내니 몇 개의 화폭이 큰 작품을 포함하면 그럭저럭 구색이 맞을 것 같았다. 늦은 봄과 여름에 독일에서 규리 가족이 와서 바쁘고 내가 입원하는 일로 신경이 많이 쓰였을 텐데 부지런히 준비를 마쳐 성공리에 전시회를 열 수 있었다. 더군다나 전시 전반에 걸쳐 조언을 아끼지 않은 이미정 갤러리 관장과, 작품사진을 찍어 주고 디자인도 신경을 써 준 김미경 대표의 수고에도 다시금 고마움을 느낀다. 개인전은 성황리에 마무리되고 주변의 축하와 칭찬도 많았으며 작품 판매 금액도 1,000만 원을 상회하였다. 이번 개인전이 지역뿐만 아니라 큰 무대로 좋은 발판이 되길 기대한다.

9월 말이 임박하여 그동안 노력하고 기대하던 책, 『같이 걷는 길』이 출판되었다. 오래전부터 현업에서 물러나면 꼭 책을 쓰고 싶던 생각이 간절하였는데, 투병 생활을 하면서 내 생활의 진솔한 면을 담고 평소 내가 중요하게 생각하는 가치들에 대해 정리하는 계기가 되었다. 이 책은 아이들에게 남기고 싶은 이야기로 처음에는 생각했으나 좋은 출판사 '좋은 땅'을 만나면서 내 투병 활동이 도움이 되거나 또 나의 가치관을 공유할 수 있는 사람들과 열려 있는 공간을 만들고 싶은 욕심이 생겼고, 잘 마무리 지을 수 있게 되어 정말 기쁘다. 지금도 이렇게 글을 쓰는 것은 내가 가장 하고 싶은 일이며 삶의 활력이 된다고 믿기에 힘들더라도 생각을 정리하며 자판을 두드리고 있다. 투병 일기는 2022년 6월을 마지막으로 완성하였는데 공교롭게도 그때까지는 일상생활이 가능해 일상생활 예찬이 주였고 책을 완성할 만큼 기운이 있었는데, 지금 이렇게 쓰고 있는 글은 투병의 고통과 어려움을 있는 그대로 담는 데 주력하고 있으며 어떤 결말에 도달할지는 아무도 모른다.

2022년 10월의 시작

⋮

10월 1일 토, 기력이 약간 돌아옴

10월을 맞이하는 느낌은 다소 새롭다. 작년 4월 말에 확진 후 1년 하고 5개월이 지났으니 이달을 잘 지내면 일 년 육 개월을 견디는 셈이고 아직 그럴 힘이 남아 있다는 것이 고맙다. 다행히 변비 문제도 다소 개선된 것 같고 어제 알부민과 전해질 주사를 맞고 나서는 몸을 세우고 걸을 수 있는 만큼 생기도 약간 돌아왔다.

10월 2일 일, 고통을 즐기자

매일 고통이 반복되는 것이라면 그래서 극복하기 어려운 것이라면 차라리 받아들이자. 요즘 빈번하게 발생하는 고통은 복수암으로 인한 복통, 식욕부진, 만성피로이며, 가끔 변비와 근육경련으로도 고생한다. 통중은 진통제로 도움을 받을 수 있으나 그것도 한계가 있다. 일어나는 것이 힘들고, 먹는 것도 힘들고, 걷는 것은 더욱 쉽지 않으니 하루 일상 자체가 힘들 뿐이다. 그래도 아내와 얼굴을 마주하면 한 번씩 웃는다. 앞으로도 이럴 것이라면 고통을 받아들이자. 힘든 하루의 일상을 나를 철저히 바라보기 위한 수행의 방편으로 삼아 잘 견디고 있는 나 자신을 바라보며, 죽음과 직면해 보자. 그것이 공부의 깊이를 더할 수 있는 좋은 방법이다.

오늘은 복수천자를 하고 알부민 주사를 맞았다. 내일 경과를 보고 조만간 퇴원하기를 기대한다.

10월 3일 월, 기분 좋은 아침의 시작

오늘은 개천절이다. 밤새 번개가 치고 천둥이 울리더니 가랑비가 촉촉이 내리고 있다. 가을 가뭄이라고 한동안 비가 없어 농작물이 말라 마지막 양분을 뽑아 올리는 데 어려운 참이었다. 이제 세심처에서도 고구마, 들깨, 무, 시금치들이 잘 클 수 있으리라 기대해 본다. 밤에는 한숨을 자지도 못했는데 4인실 병동에서 내 옆의 위암 환자가 소리를 지르고 간병인한테 심하게 하는 등 정상적인 생각을 갖는 사람하고는 거리가 멀었다. 3일 정도는 그런대로 아픈 사람이기 때문이려니 하고 참고 견디었지만, 달그락 소리를 내기도 조심스럽고 화장실에 가기도 눈치가 보일 정도였다. 아내와 이구동성으로 한 말이 '저 사람 정신병동에 가야 하는 것 아냐?'였다. 새벽같이 담당 간호사에게 병실을 옮겨 달라고 요청하였다. 4인실에서 2인실로, 금액의 상승 폭이 좀 되었지만, 병실의 분위기 때문에 힘들다면 입원한 의미가 없다 싶어 단 하루라도 편한 곳에 있고 싶었다. 아침 식전에 옮겼는데 꽉 찬 4인실에서 혼자만 사용하는 1인실 같은 2인실에 들어오니 너무 좋았다. 아내가 준비한 곤드레밥과 곰탕 국물에 김치를 곁들여 먹으니 이처럼 행복할 수 없다. 창문을 열어 시원한 가을바람이 촉촉한 비와 함께 내 마음에 들어온다. 여보, 고마워요! 이 모든 게 아내가 있으니 가능한 일이다.

10월 4일 화, 걷자, 그것만이 살길

힘들면 걷기가 어렵다. 그래서 자꾸만 누워 있고 싶은데 수명이 단축될 뿐이다. 걸으면 신진대사가 활발해져 근육도 붙고 혈액순환도 좋아지고 소화불량도 개선된다. 걷는 것을 무엇보다도 최우선으로 생각하자. 먹는 것은 그 다음이다. 걸으면 식욕도 좋아지고 자연히 먹게 된다. 쉬는 것도 걷기 위해 쉬는 것이지 쉬는 것이 목적이 아니다. 피로를 견뎌 내고 걷는 것, 이것이 내가 살면서 도전해야 할 사명이다. 더욱이 현안의 가장 큰 문제는 복수가 빠르게 차는 것인데 걷는 것이 도움이 된단다. 걷자!

10월 5일 수, 아내는 위대하다

여자는 여자일 뿐이지만 엄마는 위대하다고 한다. 엄마가 아이에게 나아가 성인이 된 자식에게도 헌신적이고 무한한 사랑을 베풀기 때문이다. 내가 그동안 아내에게 느끼는 감정이 그와 같다. 지난 1년 반 동안 내가 투병하는 동안 항상 내 곁에서 먹는 것, 입는 것, 자는 것, 움직이는 것 등 모든 일에 우선해서 무한한 사랑을 베풀기 때문이다. 더욱 대단하다고 느껴지는 것은 정신적, 육체적으로 힘들 텐데도 그런 내색을 보이지 않고 오히려 생기 있는 모습을 보일 때가 많아 놀랍기 그지없다. "당신은 어떻게 그렇게 평상심을 유지할 수 있어?" "당신의 사랑이지!" "엥, 당신의 나에 대한 사랑이겠지!" 예전에는 아내는 속상할 때면 마음에서 삭일 때까지 묵묵부답일 때가 있었다. 그런 모습이 사라진 지 오래! 공주에 와서 카페를 하고, 많은 사람을 만나고 사람과 삶에 대한 깊이가 넓어진 데도 그 이유가 있으리라! 대단해요!

10월 7일 금, 직원들에게 책 증여

그제 퇴원하는 날 점심에 영희가 전주 출장 중 나를 보러 병원에 왔다. 전날 준 책을 밤사이 읽어 보고 감동을 받았다는 것이 이유다. 지극한 정성은 알겠는데 연이틀 찾아와 좋은 이야기를 해 주니 정말 기분이 좋았다. 내가 쓴 책이 진솔하고 군더더기가 없고 너무 잘 쓴 글이라고 최고의 찬사를 늘어놓았다. 그에 더해서 오랜 암 투병 끝에 작고한 이어령 씨가 쓴 책보다 훨씬 낫다고 하니 몸 둘 바를 몰랐다. 아무렴 당대 최고의 지식인이자 문필가인 이어령 씨와 비교하다니….

어제는 식장회원을 모시고 사랑방에서 조그만 기념식을 했다. 임대영 교수님, 이태근 원장, 유수남 사장, 정동만 사장이 오셔서 쾌유를 빌어 주고 투병 중에 책을 발간한 노력에 크게 치하해 주었다.

오늘은 회사 직원 모두가 와서 조촐한 출판 기념회를 가졌고, 나도 책 출판의 동기와 보람, 그리고 책을 통해 이야기하고 싶었던 것을 짧게 이야기했다. '감사'와 '나눔'에 대해서도 이야기했지만 모두에게 항상 최선의 삶을 위해 부단 없는 노력을 하기를 당부하였다.

10월 8일 토, 극심한 피로

어제는 아침 일찍 복수를 4,200cc 빼내고 온종일 탈진 상태였다. 평소라면 오늘은 어느 정도 기운을 차리고 움직일 수 있을 만한데 아침에 뜸 뜨러 가기 전에 화장실에 갔다가 3시간 넘게 화장실을 들락날락하였다. 좌약을 하고 몸을 따뜻하게 하고 별의별 수를 다 썼으나 별 효과가 없었다. 이번이 3번째 같은데 이처럼 고통스러운 변비라면 삶의 의지가 꺾일 수도 있다. 소리도 지르고 별의별 수단 끝에 조그만 두 덩어리의 변을 보았다. 복수가 차오르는 것이 만삭에 도달하는 과장이라면 변비 해소는 출산과 버금가는 진통이 아닐까 생각한다. 유사한 점은 한번 들어가면 끝장을 내야 하고, 힘을 주기 시작하면 '히! 후!'를 반복하며 계속 힘을 주어야 한다는 것이 비슷하지 않을까 하는 생각이 든다. 물론 변비도 변비 나름이다. 점심 지나 수항이와 우경이가 내려와서 세심처의 잔디 깎기를 부탁하고 나는 탈진한 상태로 아내와 같이 뜸방에 갔다. 암을 치유하기 위한 방법으로 오로지 뜸을 주력으로 삼고 있으니 고통을 이겨 내기 위해서라도 꾸준히 갈 수밖에 없다. 저녁에는 처제, 동서, 용준, 용찬, 그리고 경호가 와서 다과를 하면서 책을 증정하고 회포를 풀었다.

10월 9일 일, 준석, 향순 씨 집에 오다

서울에서 나를 문병하러 가을 빗줄기를 뚫고 공주로 왔다. 점심때에 맞추어 청국장을 잘 먹고 집에 돌아와 차 한잔했다. 얼마 전 출판한 책을 증여하고 아내의 9월 전시회 도록을 주었다. 아프고 바쁜 와중에 참 큰 일을 했다고 치하해 주었다. 사실 힘은 들었지만 그러한 노력이 삶의 동력이자 살아가는 의지이기도 하다.

이런저런 가족들 이야기와 주변의 변화, 그리고 내 몸 상태를 이야기하다가 준석이가 조심스럽게 '노보셀'이라는 동서가 경영하는 회사를 소개하였는데, 여기서는 신체의 면역세포인 NK세포를 증식하여 몸에 다시 투여함으로써 항암효과를 극대화하는 최신 기법을 도입하여 활용하는 회사였다. 직접 연결하여 통화를 해 보니 나와 같은 경우의 말기 암 환자를 치유한 성공적인 사례를 많이 가지고 있었다. 녹십자에서 나온 큐로셀이 T세포를 이용한다면 NK세포를 이용한다는 점에서 차별화된다. 나도 생명공학연구원의 최인표 박사가 매스컴에 자주 나와 그 내용을 잘 알고 있던 터인데 노보셀 대표도 잘 안다고 한다. 여러 이야기를 하다 보니 당장이라도 치료받고 싶은 생각이 간절한데 안타깝게도 식약처에 임상 허가를 신청하였는데 내년 1월에 결과를 알 수 있다고 한다. 그때까지 잘 버티는 것이 중요할 것 같다.

10월 10일 월, 나름대로의 소통

존재의 궁극은 관계이며, 소통은 관계의 첫걸음이다. 요즈음 나는 소통의 한 방편으로 최근 발간한 책을 증정하고 있다. 점심 후에 장인, 장모님을 찾아뵙고 책을 드리고 왔다. 장인어른은 몸이 불편하신 가운데도 참 잘한 일이라 칭찬해 주시고 장모님도 대견해 하셨다.

오늘은 '백제 축제' 마지막 날인데 비가 예상외로 많이 왔다. 세심처로 건너가니 국화가 흐드러지게 피기 시작하였다. 정택희 사장을 만나 그동안의 여러 가지 도움에 대해 감사를 표하고 책을 드렸다. 돌아오는 길에 아내의 사촌 박용주, 시인이며 현 정명학교 교장 선생님이 직접 운영하는 작은도서관에 만나 차 한잔하면서 글 이야기를 주로 하며 박 선생이 좋아하는 장인어른의 시 「하이얀 겨울이여 오라」를 낭송하는 등 여러 덕담을 나누었다.

하이얀 겨울이여 오라

박정환

소리 없이 終止符를 찍었다
나뭇잎들이
땅 위에 누워 조용히 숨 쉬고 있다
木管樂器의 소리가 들려왔다
가을의 詩集들도 쌓이고 쌓였다
카렌다의 마지막 한 잎이 붙어 있다
散策길에서
들국화와 입맞춤하고
낮달처럼 퇴색되어 가던 꿈의 자락이 펄럭이고 있었다.
등불 아래 禪味가 깃든 밤의 고요
평생을 다해도 못다 할 시간 속의
存在
정신이 퍼뜩 났다.

나뭇잎들이
다 떨어졌음을 슬퍼하지 말라
누구나 나뭇잎처럼 떨어지건만

무성한 때도 있었다
너와 내가 만났다가 헤어지는 것
뿐인데,
잎들은 썩어 흙이 되려니
그리하여
다음 나무들을 키우는 거다
우리도 죽으면 흙이 되고
그들의 밑거름이 된다
무엇이 다를 바 없다
슬퍼할 까닭도 없다

진하게 물든 잎들을 보고
찬란히 꽃피울
인생의 꿈을 간직하련다.
하이얀
겨울이여 오라

裸木은 의젓하다.

10월 12일 수, 대전 한 바퀴

오전에 뜸을 뜨고 책도 증여할 겸 대전에 갔다. 대전한방병원에서 손
창규 교수에게 최근 몸 상태를 전하고 세포치료제인 이뮨셀의 사용 가
능성을 타진해 보았다. 외래로 시술이 가능하며 비용을 고려하여 치료

주기를 정할 수 있다고 한다. 향후 NK세포치료제와 대체 가능성을 고려해 볼 생각이다. 전민동 길상에 들러 변 사장과 홍 작가님과 오랜만에 환담을 나누었다. 내 병이 잘 치유되길 바라는 정성이 느껴졌다. 홍 작가님이 내 사진을 찍어 주겠다고 해서 날을 잡았는데, 전문 사진작가의 작품을 기대해 본다. 호민이 형이 이끄는 아시아생물안전진흥원에서 부탄에서 온 참모가 내어 준 차를 마시며 부탄 이야기와 책 이야기를 하였다. 다음 주에는 터키로 일주일간 출장 가신단다. 일흔을 앞두고 참 열심이시라는 생각이 든다. 나도 쾌차하여 히말라야 산자락의 부탄에 가 보고싶다. 공주로 돌아오는 길에 영희가 전화해서 내 안부를 물어봐 주고 내목소리에 활력이 있다고 용기를 북돋워 주었다. 이어 장모님이 전화하셔서 사위가 꼭 쾌차하길 바란다는 격려의 말씀을 해 주셨다. 내가 반드시 일어나야 하는 이유가 많다.

10월 13일 목, 오롯이 스스로 일어나야

세포치료제 사용이 현실적으로 어려워졌다. 아침 일찍 복수천자로 3,000cc의 복수를 빼내고 오후에 김 교수로부터 진료받았다. 혈액검사 결과는 양호해 간에 특별한 이상이 없으며 흉부 X-ray 결과를 보니 폐에 특별한 문제가 없는 것 같다. 단지 복막암을 잡아야 복수를 조절할 수 있으며 원발 부위인 담낭이 관해 상태로 갈 수 있도록 노력해야 한다. 세포치료제로 현재 상용화되어 있는 '이뮨셀'의 사용에 관해 물어보았는데 혈액암에는 효과가 있으나 큰 기대를 하기는 어렵다고 한다. 비용과 채혈, 주사 등의 번거로움을 생각하면 이뮨셀을 투여하는 것이 좋은 방법은 아닌 것 같다. 준석이 동서가 경영하는 노보셀바이오의 NK셀 증진

효과에 대해 상의해 보았는데, 선행 연구로부터 말기 암 환자에게 효과
가 좋았다고 한다. 문제는 임상허가를 먼저 받아야만 시술할 수 있는데
내년 1월도 불확실하며 임상 1상 단계여서 환자 대상으로 직접 시술하
기에는 어렵다고 판단되었다. 결국 세포치료제의 사용을 기대하기는 어
렵다고 생각한다. 병원에서는 이미 말기 암으로 진단해 더 이상의 항암
치료는 없고 나도 나름대로 여러 방법을 시도하였지만, 아직 뚜렷하게
효과를 입증하기에는 부족하다.

그래도 현재로서 내가 취할 수 있는 유일한 방법은 자가 면역력을 키
우는 길밖에 없다. 잘 먹고 운동하고 몸에 좋은 이로운 성분, 베타글루
칸, 실크마린 등을 꾸준히 섭취하는 것이 최선인 것 같다. 잘 먹기 위해
입맛을 돋우는 약을 처방받았고, 조만간 집에 음이온 사우나를 설치하
여 온열치료에 더욱더 집중할 생각이다.

10월 14일 금, 박성섭 박사를 만나고 공연을 보다

10월 5일, 퇴원 후 새로운 일상이 자리 잡아가고 있다. 오전에는 뜸을
뜨고 오후에는 사람을 만나거나 다른 필요한 일을 하거나 세심처에 가
기도 한다. 오늘은 오후에 박성섭 박사를 오랜만에 일 층 사랑방에서 만
났다. 내가 책을 증여하기 전에 이미 책을 사서 꼼꼼하게 읽어 본 모양이
다. 단상에 대해 주로 이야기하였는데 존재와 관계에 대한 이야기가 많
았다. 나는 최근 모든 관계의 첫걸음이 소통이며 소통이야말로 우리가
사는 데 그리고 인간을 인간답게 하는 데 가장 현실적인 낱말이라고 역
설했다. 박 박사는 또한 불교의 '연기' 사상에 대해서도 아주 큰 깨달음
을 얻었다고 한다. 이러한 만남과 소통이 중요한 이유이다. 저녁에는 공

주문예회관에서 공연하는 오페라 〈파가니니〉를 감상하러 갔다. 음악회에는 자주 가진 않지만, 가끔씩 새로운 문화를 접하는 것은 일상의 활력을 유지하는 데 매우 중요하다. 공교롭게도 가기 한 시간 전에 오른쪽 종아리에 쥐가 나서 고통스러웠는데, 진통제와 근육이완제를 먹고 잠시 쉬니 진정되는 기미를 보였다. 불안한 마음으로 공연 시간에 겨우 맞추어 갈 수 있었다. 파가니니는 1782년에 태어나 1840년에 작고했는데 베토벤과 동시대의 사람으로 교류한 흔적은 없었으나 한 사람은 유럽을 뒤흔든 바이올리니스트로 또 다른 사람은 빈에서 자리 잡은 피아니스트로 직간접적으로 영향을 받았을 수 있다. 파가니니는 그의 음악이 너무나 현란하고 자극적이어서 사람들을 끌어들이는 흡인력이 대단하였는데 반대파의 사람은 그를 악마라고 혐오하였으며 교회로부터 추방당하다시피 하여 사후에도 육지에 돌아오지 못했다. 뮤지컬의 내용은 그의 아들이 교황청을 설득하여 결국 육지로 돌아오는 것으로 매듭지어진다. 파가니니의 음악은 〈라 캄파넬라〉와 같이 자주 연주되는 곡도 있고 음악적 기교로 인해 전공자는 반드시 넘어가야 할 산이다. 파가니니의 음악과 그것이 연주될 당시를 회상하면 니체가 강조한 '디오니서스' 그리고 그의 추종자 사티로스가 떠오른다. 시대를 앞서간 천재 음악가이다. 몸은 힘들었지만, 또 다른 활력을 주는 시간이었다.

10월 19일 수, 영주 씨의 손편지

내가 쓴 『같이 걷는 길』을 읽어 보고 천영주 씨가 장장 6쪽의 손 편지를 보내왔다. 18년 전에 '다발성 골수종'이라는 희귀한 암으로 10년 동안 어려운 투병 생활을 하던 솔 친구 상우를 먼저 보낸 미망인의 가슴 절절한 회고록이었다. 나에 대한 격려와 솔 친구들의 우정에 대한 감사와 함께 지난 시절의 고뇌와 회한 그리고 세 자녀와 4명의 손주와의 현재의 일상에 대한 이야기가 가슴에 와닿았다. 새삼 영주 씨의 강한 면모뿐 아니라 다정다감한 모습을 발견하곤 그동안 무심했던 점에 대해 적이 미안한 마음이 들었다. 그동안 책과 글을 통하여 사람들에게 가장 소중한 것이 '소통'이라고 이야기해 왔는데 책을 보내고 영주 씨의 손 편지를 통해서 새삼 소통의 의미를 알 수 있었다. 상우가 가족과 친구들의 기림 속에 천국에서 평안하길 바라며 영주 씨 가족 모두 행복하길 기원한다.

10월 20일 목, 또다시 복수천자

8월 19일, 복수 천자를 시작해서 오늘까지 12번 배에서 체액을 배출하였다. 대략 3,500cc 전후이며 6일 정도 주기이다. 9월 8일, 면역항암제 옵디보 주사를 종결지었다. 9월 14일부터는 한방에서 쑥뜸을 시작하였다. 아직까지 생활의 리듬을 찾지 못해 고생하고 있는데 천자를 한 날은 힘들고 복수가 차기 시작해서 3~4일 지나면 먹고 호흡하는 것이 힘들다. 6일 주기로 보면 이틀 정도 좋아야 하는데 변비와 무기력으로 제대로 산책을 못하고 있다. 주로 오전에 뜸 뜨고 오후에는 사람을 만나거나 회사업무를 잠깐씩 파악하거나 글을 쓰는 데 가장 중요하면서도 잘 못하는 것이 운동이다. 10월이 가기 전에 속히 생활의 리듬을 찾아야 할 것이다.

10월 23일 일, 몸을 일으켜 세우기

일어나기가 왜 이렇게 힘든지 모르겠다. 먼저 일어나기 전에 심호흡하고 양발을 모아 한쪽으로 모은다. 다음에 중요한 것은 돌린 몸 쪽에 있는 팔꿈치를 몸 안쪽으로 당겨 지렛대 역할을 해야 한다. 몸이 앉은 자세가 되면 부어오른 발을 꽉꽉 주물러 준다. 잠시 호흡을 가다듬고 주변의 지형지물을 찾아 손으로 잡고 다리에 힘을 주어 천천히 일어난다. 일어난 다음에도 바로 움직이지 못하고 앉은 곳에서 잠시 호흡을 고른 다음 움직이기 시작한다. 대략 오 분에서 십 분 소요된다. 지금도 상당히 불편하게 느껴지나 몸을 움직이는 하나의 과정이라 생각하고 매 순간 최선을 다한다.

혈액 내 알부민 수치가 부족하면 피로감이 더하고 발과 다리가 붓는다고 한다. 알부민 주사를 충분히 맞으면 되지 않을까 생각하는데 주치의와 상의해 봐야 하며 알부민 효력이 오래 지속되지 않아 별로 효과를 기대하기 어렵다고 한다. 혹시 몰라 알부민 정제를 국외에서 직접 구입하였고 잘 때 다리를 올려놓을 쿠션도 구입하였다.

10월 24일 월, 영정 사진을 찍다

흑백 사진의 전문가로 평판이 좋은 홍균 작가가 내 초상 사진을 찍어 준다고 한다. 그냥 작품 사진이기도 하지만 아마도 영정 사진으로 쓸 가능성도 높다. 자연스러운 복장과 표정을 중요시해서 격식 없는 복장으로 사진 스튜디오로 갔다. 사진 공부를 좋아하는 김미경 대표도 같이 갔는데 스튜디오 설비와 장비, 고풍스러움, 공간의 넉넉함이 전문가들이 아주 좋아할 전문 공간이었다. 미리 준비된 소파와 조명시설 아래 여러 장의 사진을 찍었다. 참 번거로운 일임에도 불구하고 나를 특별하게 생각해서 시간과 노력을 할애한 것이니 더욱 감사할 따름이다.

선산에 있는 조상을 천안공원 묘원으로 이장할 때 아버지의 묘비명을 떼어내어 세심처로 옮겼다. 내가 기리는 아버님의 모습과 자식이나 친구들이 나를 생각해 주길 바라는 모습이 같아 내 묘비명이기도 하다. 후에 나를 화장하면 따로 약간의 유골을 수습해 세심처 한쪽에 묻고 묘비명을 세우면 될 것이다. 묘비명의 내용은 아래와 같다.

순일(純一)한 심혼(心魂), 순후(醇厚)한 인정(人情)으로
삶과 사람을 극진(克眞)히 사랑하시던 이
정(情)을 담은 잔 또한 아끼시던 이
사랑하는 이들의 애절한 기림 속에 평안(平安)히 잠드소서

10월 27일 목, 소통은 삶의 의미이자 실천적 방법이다

아침에 병원에 가서 채혈하고 오후 진료 후에 알부민 주사를 맞고 저녁에 집으로 돌아왔다. 종양표지인자 CA19-9가 계속 올라가 2,500을 넘는데 어떻게 설명해야 할까? 그동안의 경향을 보면 암세포가 활발하게 활동한다는 이야기인데 암튼 다음 주에 CT 촬영 결과를 보면 분명해질 것으로 예상한다. 집에 돌아오니 성태가 생각하지도 않았던 편지를 보내왔다. 책을 읽고 난 소감인데 나와 글에 대한 칭찬으로 가득했고 '단상' 부분도 본인 인생에 많은 도움이 될 것이라는 과분한 소감이다. 다양한 친구가 있지만 성태만큼 다정다감한 친구는 없을 것이다. 본인의 감정에 솔직한 건 대부분이 그렇지만 번거로움을 무릅쓰고 생각을 표현한다는 것은 아주 훌륭한 일이다. 여기에 사람이 감동받는 경우가 많은데 지금이 그러한 경우이다. 책을 발간하고 친구들에게 증여할 때 망설였

었는데 혹시 무관심하지는 않을까, 의견이 다르지는 않을까 하는 생각 때문이다. 혹자는 그럴지도 모르겠으나 단 몇 사람이라도 이렇게 호응해 준다는 것은 아주 즐겁고 보람된 일이다. 이것이 소통의 힘이다. 소통만 잘된다면 사람들 간의 불화도 없을 것이고 단체 간의 불화도 없을 것이다. 지금도 소통을 위하여 글을 쓰고 있으며 소통을 위해 삶을 일으키고 있다.

10월 29일 토, 혜성이 엄마에게 조언을 구함

오전에 한방 뜸을 뜨고 점심으로 갈비탕 국물을 조금 먹고 이기형 교수와 부인 이진희 씨를 만났다. 3시경 방으로 돌아와 그냥 널브러졌다. 일어나고 걷기 힘들고, 먹고 대변을 보는 것도 쉽지 않다. 복수가 차오르기 시작해 3일 정도 지나면 나타나는 현상이다. 8월 19일부터 현재까지 약 70일 동안 13번을 천자를 하면서 반복해 온 일인데 적응이 되는 것이 아니라 점점 힘들어진다. 생명연 시절부터 오랜 친구인 김일수의 딸 혜성이는 20년 이상 암 투병 중인데 그동안의 경험담과 조언을 들을 겸 부인에게 전화했다. 혜성이는 3년 전부터 소변과 대변을 배액관과 장루를 통해 인위적으로 체외로 배출한단다. 아직 감염 같은 큰 문제가 없었다고 하며 부인이 내게 주는 조언은 생활이 몹시 힘들다면 천자에 의존하기보다는 배액관을 통해 복수를 배출하는 것이 좋지 않을까 조언해 주었다. 다음 번 진료 때 상의해 보고 결정해 볼까 한다. 지금 하는 뜸 치료에 문제가 없기를 바라지만 만약에 문제가 있으면 또 다른 대체 방안을 찾더라도 지금의 고통을 감수하는 것이 보다 나은 것 같다. 내게는 완치보다 편안한 삶이 무엇보다 중요하다고 생각한다. 일수 부인과 여러 이야기를 나누면서 격려에 감사드리고 어려움에도 꿋꿋하게 일상을 이끌고 있는 부인과 그 가족에게 존경을 보낸다.

10월 30일 일, 몸과 마음 중에 무엇이 더 중요할까?

몸이 아픈데 품위를 유지하고 즐거움을 느낄 수 있을까? 터무니없는 소리 같다. 일찍이 데카르트는 "나는 생각한다, 고로 존재한다"라는 말로 인간 정신의 중요성을 강조하였다. 후에 프랑스 실존주의자 메를로 퐁티는 『몸의 현상학』에서 몸의 지각 반응을 우선시하였다. 모든 인식의 출발은 지각에서 비롯되기 때문이다. 내가 고통으로 황폐해지고 있는데 무슨 품위가 있고 즐거움이 있단 말인가?

아침 일찍 병원 응급실에서 복수 3,500cc를 빼고 오랜만에 세심처로 가서 휴식을 취했다. 제하와 은주 씨가 와서 격려해 주고 가기 전에 기도해 주었다. 저녁 무렵에 유 주교와 허성우 씨가 와서 시집을 주고 최근의 근황에 대해 이야기하였다.

내게는 지극한 정성으로 나를 돌보는 아내와 나의 쾌유를 바라는 가족, 친지, 친구, 그리고 이웃의 간절한 기도와 배려가 있다. 만약 내가 몸이 원하는 대로만 한다면 온종일 누워 있고 아프면 약 먹고 급하면 병원으로 갈 것이다. 어쩌면 편하게 삶을 마무리하는 길일지도 모른다. 그러나 마음은 조금 더 힘내서 움직이고 잘 먹고 소통을 위해 할 일을 하라고 한다. 몸과 마음의 조화가 필요하다.

10월을 정리하며
- 한 주기를 완성하다

작년 10월 26일 수술을 집도한 경희의료원 김 교수가 내게 잔여 기대 수명이 일 년이라고 했다. 그 일 년이 지나는 이달은 감회가 무척 새롭다. 잘 버텨 왔다는 그리고 나름대로 일상을 잘 꾸며 왔다는 자부심이 든다. 6월부터 안 좋아진 몸은 지금은 잠자리에서 몸을 일으키기도 쉽지 않은 상태로 악화되었지만 이렇게 글을 쓰고 있다는 것은 앞으로 얼마가 될지는 몰라도 소통이 가능하다는 뜻이다.

아직 두 달이 남았지만, 굳이 10월을 일 년의 한 주기로 잡은 것은 전술한 의미도 있지만 또 다른 이유는 한 해의 농사가 10월에 대부분 마무리되기 때문이기도 하다. 아직도 텃밭에는 김장 무와 가을에 뿌려둔 시금치도 자라고 있지만 들깨를 털고 고구마를 수확했으니 대강의 마무리는 지은 셈이다. 조그만 밭에서 곡식을 키운다는 것은 먹거리를 생산한다는 점에서 의미가 있지만 내게 남다른 이유는 생명의 씨앗이 뿌리를 내리고 성장하고 결실을 거두는 것을 보면서 내게도 삶의 활력을 주기 때문이다. 올 초에 씨를 뿌리거나 모종을 심을 때만 해도 아내와 내가 힘을 합해 하였지만, 수확 때에 접어들어서는 내가 힘을 쓰기가 여의찮아 동생들과 우경이, 수항이 그리고 옆집 정 사장이 큰 도움을 주었다. 한 해의 수고를 간단하게 나열하면 봄에는 텃밭에 상추류를 심고 고추,

오이, 가지, 토마토 등을 채소밭에 심어 가을이 깊을 때까지 잘 먹었다. 봄에 했던 큰일 중 하나는 꽃밭에 있는 10년 동안 번식한 수선화 구근을 모두 캐어 가을까지 틈틈이 식재를 한 것인데, 세심처를 한 바퀴 다 돌릴 정도였으니 내년 봄의 장관을 기대해 본다. 5월에 고구마 모종을 심었는데 봄 가뭄에 대부분 죽어 6월에 동네에서 모를 얻어 다시 심었는데 이 달에 제법 수확의 즐거움을 얻었다. 여름과 가을에 걸쳐 열무 씨를 뿌려 지금도 시원한 열무김치를 먹고 있다. 가을 녘에 쪽파는 쪽을 내어 심고 대파는 파종했는데 시원한 국물 맛을 내는 데는 제격이다. 7월에 채소밭의 주 작물인 들깨 모종을 심었는데 잦은 비 때문인지 작황이 영 시원치 않았다. 생명은 순환한다. 계절별로 키우는 작물이 다른데 지금은 마늘을 심어 해를 넘기고 봄에 수확할 수 있다. 농작물을 키우면 날씨와 계절의 변화에 민감해지는 데 이 또한 생명의 순환을 느끼는 주요한 수단이 된다.

작년 11월부터 올 10월까지를 한 주기로 보았을 때 커다란 보람과 성취가 있었으니 첫째로는 규리와 같이 생활한 것이고, 둘째는 아내의 전시회와 내 책 발간이다. 규리가 생후 6개월이 갓 지나 올봄에(4월 17일) 왔을 때만 해도 안으면 꺼질까 불면 날아갈까 조심스러웠는데 늦여름(9월 2일) 독일로 돌아갈 때는 기어다니고 붙잡아 주면 설 정도로 하루가 다르게 성장하는 게 보였다. 돌이 지난 지금은 혼자서 서고 옹알이도 제법 하고 확실히 말을 알아듣는 것이 느껴지니 하루가 다르다는 것이 실감이 난다. 아이들의 천진난만함과 귀여움은 누구나 다르지 않겠지만 지금도 규리를 생각하면 방긋 웃는 모습과 때로 무언가 유심히 관찰하는 태도가 남다르게 느껴진다. 규리는 내 첫 손녀이면서 아이들이 특별한 출산 계획이 없는 한 내 핏줄을 이어받는 유일한 자손이 될 가능성도 있다. 『같이 가는 길』 1권을 규리에게 헌정한 것도 규리가 컸을 때 할아버지에 대한 기억을 남기고 싶은 바람이 있기 때문이다. 앞서 9월에 의미를 적었듯이 아내 전시회와 책 발간은 단지 투병 중이기 때문이 아니라 그동안의 삶에 대한 결산이라는 점에서 정말 의미가 있고 올 10월 전에 모두 마무리 지을 수 있어 감회가 새롭다.

이제 한 주기를 완성하고 또 다른 일상으로 들어선다. 어쩌면 해 보고 싶은 일도 많이 해 보고 뒷정리도 잘되어 있는 만큼 죽어도 여한이 없다. 단지 내가 누군가와 소통을 할 수 있는 삶은 그 나름대로 의미가 있다고 생각하고 하루하루 정진하는 데 최선을 다하려고 한다. 하루하루!

2022년 11월의 시작

:

11월 1일 월, 새 일 년의 시작

　새 달의 시작이다. 그러나 10월까지가 예정됐던 수명이고 새로 보너스 인생이 주어진 것이라면 새 한 해의 시작인 셈이다. 어젯밤에 기항이 가족이 가을 방학을 맞아 독일에서 공주로 왔다. 기항이는 토요일에 돌아간다. 돈도 들고 번거로운 일인데 왜 오나 싶었지만, 막상 규리와 기항, 정연을 보니 기분이 좋다. 주중에 수항이 내외가 내려오면 모두 함께 하게 될 것이다. 내가 투병 중에 언제 어떻게 될지 모르니 가족이 같이 보는 것은 좋은 일이다. 아내가 누구보다 좋아하는 것 같고 규리하고 노느라 정신이 없다. 나는 아침에 뜸 뜨러 가고 기항이한테 온열치료기 높이를 조절해 놓고 난방기 코드도 정리해 달라고 부탁했다. 요리도 잘하지만 웬만한 수선은 전문가 못지않다. 뜸을 뜨고 세종 충남대학병원에 가서 CT 촬영을 하였다. 모레 정도 결과를 받아 보면 상태의 악화 여부를 알 수 있을 것이다. 저녁은 한협이 형이 제주도에서 보내온 맛있는 생선을 구워서 와인 한잔 곁들일 생각이다.

11월 3일 목, 마늘과 양파를 심다

　수항이와 우경이도 합류했다. 내가 더 이상 밭에서 일할 기운이 없으니 아이들에게 세심처에 마늘과 양파를 심도록 부탁했다. 비료를 넣고 흙을 고르게 간 다음 구멍 뚫린 멀칭필름을 편편하게 깔고 마늘과 양파를 심는 일이다. 오전에 뜸 뜨고 세심처에 가 보니 아이들이 부지런히 움직이고 있었다. 옆집 정 사장이 아이들 하는 것이 미덥지 않아서 그랬는지 손수 소형 로타를 이용해 밭을 갈고 있었다. 예전엔 아무 생각 없었지만, 겨울에도 식물들은 자란다. 가을에 냉이를 먹고 겨울 지난 냉이를 봄에도 먹는다. 시금치는 늦가을에 씨를 뿌리면 겨울을 이기고 봄에 새 싹이 나오면 먹는다. 마늘과 양파도 서리 내리기 전에 심어 놓으면 봄에 수확한다. 아이들에게 이런 일들을 시키는 이유는 내가 몸이 불편해서 이기도 하지만 흙의 소중함과 생명의 신비를 체험하도록 하는 것이다. 그냥 보거나 먹을 때와 내가 손수 작물을 키워서 자라는 모습을 볼 때와 는 정말 천지 차이이다. 그리고 동기들 간의 우애를 북돋는 데는 같이 일 하는 것만큼 좋은 일이 없다. 아이들이 내가 없더라도 화목하게 잘 지내 기를 바라는 마음이다. 기항이가 오면 꼭 하는 일은 회를 뜨는 일이다. 어제 산 참치를 저녁에 잘 떠서 참치회 초밥을 맛있게 먹었다.

11월 4일 금, 복수천자를 하고 CT영상 판독지를 받아 오다

하루 이틀을 더 참아 보려고 했으나 아침이 되니 복수로 배가 빵빵해 져 움직이기 힘들 정도가 되어 다른 일들을 제쳐 두고 병원으로 갔다. 막상 복수를 빼고 나니 5일이 경과되었는데도 2,700cc로 생각보다 적 다. 8월 19일 처음 천자를 한 후 15번째이다. 의사마다 달라서 때로는 두 번 찌르기도 하고 잘 나오지 않아 고심할 때도 있다. 사흘 전에 찍은 CT 판독지를 보니 한눈에 악화되었음을 알 수 있다. 'Progression of CB cancer', 'Progression of hepatic metastasis'(혈액검사) 결과로는 간 수치 에 별문제가 없어 복수에만 신경을 썼는데, 종양표지인자의 상승이 말 해 주듯 원발 부위인 담낭 자체가 악화되고 그 주변으로 침윤 또는 전이 가 진행된 것이다. 이제 임종을 준비할 때가 되었나? 마음이 착잡하기 그지없다. 다음 주 수요일 주치의를 만나 상의해 보고 죽는 날까지는 비 교적 편하게 지낼 수 있는 방법을 강구해 보아야겠다.

11월 7일 월, 밀가루 대반란

오전에 뜸을 뜨고 늦은 점심을 먹었다. 시원한 우동 국물을 먹고 싶어 동네 중국음식점을 찾아 우동 대신 맑은 짬뽕을 시켰다. 국물도 기대했던 맛이고 면발도 부드러워 좀 부담된다 싶은 정도로 평소보다 많이 먹었다. 속이 더부룩한 게 조짐이 좋지 않았지만, 집에 가서 좀 쉬면 되겠지 싶었는데 몸이 영 말을 듣지 않는다. 세종한방병원에 진료 문의 목적으로 가려고 억지로 몸을 일으켜 병원에 가서 소파에 몸을 묻었다. 상담과 간단한 고주파 체험을 하고 사진을 찾으러 길상으로 갔다. 약 한 시간 동안 담소를 나누는 동안 그래도 정신력으로 버텼으나 집에 오는 차 안에서는 거의 쓰러져서 숨을 골라야 할 정도였다. 중간에 구토하려고 했으나 먹은 것이 없어 침만 나올 뿐이었다. 집에 와서는 찜방을 따뜻하게 하고 몸을 눕혔으나 몸을 조금만 움직여도 구토증을 느꼈다. 엎친 데 덮친 격으로 다리는 허리까지 부어오르고 전신에 가려움이 심하게 왔다. 이리저리 몸을 움직이고 가려운 데 필요한 약을 발라도 잠시뿐이고 괴롭기가 이만저만이 아니었다. 아내가 손발을 주무르고 등을 토닥여도 별 차도가 없다가 밤이 깊어서야 겨우 진정되는 기미였다. 먹는 것을 조심해야겠다. 그 좋아하던 밀가루 음식도 먹지 말아야겠다. 그리고 부종과 가려움증에 대한 확실한 대책을 마련해야겠다. 모레 예정된 진료 시간이 기다려진다.

11월 9일 수, 우려가 현실이 되다

종양표지인자가 계속 올라가고 CT 판독서를 보았을 때 무언가 심각하다고 짐작은 했는데 정작 주치의를 만나 CT 영상을 보니 문제가 이만저만 아니다. 총담관 위쪽(hilar bile duct)이 침윤이 되어 담즙 막힘 현상이 나타나고 그로 인해 빌리루빈 수치도 정상을 벗어났다. 문제는 스텐트 시술이 어렵다는 것이다. 의사에게 잔여수명을 물어보니 마지못해 약 3개월이라고 한다. 가족들과 마음의 준비를 하고 호스피스 병원도 알아보라고 한다. 이대로라면 올겨울을 나기 어렵다는 이야기다. 진료실 문밖을 나서서 아이들 생각을 하니 마음이 복받쳐 꺼이꺼이 울었다. 아내도 같이 울었다. 응급실로 내려가 복수를 3,100cc 빼고 나니 몸은 한결 개운하다. 주말에 입원해서 배액관 시술을 받으면 복수가 차는 괴로움으로부터 해방될 것이다. 그리고 나선 아마도 담즙 분비를 위한 배액관을 추가로 해야할 것이다.

집에 와서 찜방에서 몇 시간을 쉬니 몸과 마음이 편안해진다. 어제 속병으로 여전히 식사를 할 수 없으나 물 마시는 게 훨씬 수월하다. 내일쯤 식사를 조금씩 할 수 있기를 기대해 본다. 쉬면서 다가올 죽음을 준비할 생각을 해 본다. 이미 정리해 둔 일이 있어서 특별히 신경 쓸 일은 없으나 아이들에게 알릴 때와 주식의 양도 시점을 생각할 시점을 생각해 본다. 병원에서 특별한 치료방법이 없으니 뜸을 비롯한 온열치료는 계속할 생각이다. 비록 온열치료를 하고 나서 좋아진 징후는 보이지 않지만 그래도 아무것도 하지 않는 것보다는 무언가 정성을 쏟는 것이 바람직하다고 생각한다. 그리고 이렇게 힘이 다하는 그 순간까지 글을 쓸 것이다. 현재의 내가 살아가는 이유니까! 그리고 연내로 새 차가 나오면 바닷가로 드라이브 가는 즐거움을 기다리고 있다. 만약에 내가 이 겨울을 잘 이겨 낸다면 이른 새봄에 세심처 울타리에 빙 둘러 심은 수선화가 만개한 모습을 볼 수 있을 것이다.

11월 10일 목, 상선약수(上善若水)

주변에 가까운 분 중에 독실한 크리스천이 많고 나를 위해 각별히 기도해 주신다. 그들이 종종 하는 말 중에 "주님 뜻대로 하소서"라는 말이 있다. 주로 기도문에 많이 쓰이는 구절로 하느님(개신교에서는 하나님)에 모든 것을 맡겨 두면 마음이 편안해진다는 이유도 있다. 그러나 나 같은 무신론자에게는 믿고 의지할 하느님이 없다. 믿으면 되지 않겠냐고 할 수 있지만 인간을 하나의 종으로 보고 진화의 과정을 기본으로 하는 나에게는 마치 갈릴레오가 종교재판을 거치면서 신의 존재를 받아들인다고 하면서도 '그래도 지구는 태양을 도는데'라고 한 상황과 같다. 나는 인간이 결코 완전하다고 생각하지 않으며 우리가 알고 있는 진실도 자연의 극히 일부분이라고 생각한다. 초자연적인 절대적인 힘이 있다면 그것을 신이라고 불러도 무방하며, 모든 자연에 그 이치가 들어 있는 범신론을 편다면 다소 그쪽으로 기우는 편이다. 그러나 인격화된 하느님의 존재에 대해서는 바람직하게 생각하지 않는다.

그러면 지금처럼 내가 힘들 때 과연 의지할 곳이 어디인가? 노자의 『도덕경』을 꺼내 들었다. 제일 먼저 들어오는 구절이 "상선약수"이다. 최고의 선은 물과 같다. 고통과 희망을 주님의 뜻 안에 맡기는 것처럼 자연의 섭리에 나를 맡기자. 노자의 근본 사상은 무위자연(無爲自然)이라는 말로 함축되는데 한마디로 '욕심부리지 말고 자연의 섭리에 맡긴다'라고 이해한다. 그래, 자연의 섭리에 나를 맡기자. 아프거나 고통스럽거나 일찍 죽거나 좀 더 오래 살더라도….

사랑하는 마음을 담은 작업 꽃다발
세종 ○○ 병원 ○○○○○ ○○○○ 산책 — 2022. 11. 10. 素

11월 12일 토, 아버지 기일 참배

　돌아오는 아버지 기일 39주년을 맞아 천안공원 묘원에서 동생들과 자식들, 그리고 조카 재연과 규리가 다 같이 자리를 했다. 항상 참배 때 그랬듯 평상의 마음과 크게 다르지 않았는데 제상을 차리는 동안 '이게 이 생에서의 마지막 인사'이겠구나 하는 생각이 드니 숨죽인 목소리로 마른 울음을 터뜨리게 되었다. 나를 부축하던 딸이 건네준 손수건으로 눈물을 훔치고 힘든 몸을 일으켜 제사를 지냈다. 날씨가 좋아 밖에서 담소를 나누기 좋았다. 다행히 규리도 감기가 나아 귀여운 웃음으로 분위기를 가볍게 해 주었다. 제상에 올린 음식을 먹으며 내가 어쩌면 이번 겨울을 나기 어려울지 모른다고 동생들에게 말했다. 같이 있는 경우는 모르지만 떨어져 사는 형제는 어느 정도 상황을 알고 있을 필요가 있어 조심스럽게 말하고 내가 없더라도 형제들의 우애를 잘 유지하도록 당부하였다. 아버님이 돌아가신 1983년 늦가을엔 내가 대학원생, 여동생이 대학생, 남동생이 고등학생, 그리고 인창이 동생이 초등학생이었으니 갑작스런 별세에 모두 당황스럽고 놀란 채로 떠나보내드려야 했었다. 어머님은 나와 유사한 담도암으로 1년여 고생하시다가 2002년, 만 66세로 하늘로 가셨다. 이때는 나는 사업 초기로 전전긍긍할 때였고, 승희는 가정생활이 불안한 채로 천안에 내려와 있었고, 인성이는 결혼 초로 어머님의 뒤를 이어 주유소를 경영하였고, 막내 인창이는 결혼해서 동준이를 낳았을 때다. 모두 정신없이 바쁠 때라 어머님 병간호를 제대로 못 해 드린 점이 진심으로 죄송스럽다. 돌아가시고 난 후 부채와 재산을 정리하느라 한동안 신경을 많이 썼고, 그사이 모두 그런대로 자리 잡아 가고 있었다. 장남으로서의 사명감과 형제들의 우애를 중요하게 생각해 어머님 계실 때처럼 하려고 노력했으나 각자의 생활에 매여 잘하지 못한 점이 매우 아쉽다. 지금은 조카들이 다 커서 결혼해서 아이도 있고 대학을 졸업해 취업 준비도 하고, 군 생활도 하고 있어 세월이 흐르면서 또 다른 무대가 펼쳐진다고 생각한다. 내가 오래 살지 못하더라도 모두 행복하길 바라는 마음이다.

11월 15일 화, 복수 배액관 삽입

일요일 입원해서 어제 배액관 시술을 마무리하였다. 배액관 삽입은 어제 오후 2시 조금 넘어 시작하여 3시 전에 끝날 정도로 비교적 간단하였으나 시술을 통보 전까지는 아무런 일정을 듣지 못한 채 계속 차오른 복수로 아무것도 하기 힘들 정도로 힘들었다. 배액관 삽입 후 병실로 올라와서 복수를 5리터 정도 배액하였다. 알부민을 2병을 맞으려면 5리터를 넘어야 한단다. 알부민 주사와 배액을 동시에 시행하였는데 자정을 넘을 때까지 10시간 계속 알부민 주사를 맞았다. 이제 그동안 3개월 가까이 17차례에 걸친 복수천자와 배가 불러 와 먹고 걷고 호흡이 곤란한 고통에서 벗어날 수 있다고 생각하니 진작 할걸 그랬다 싶기도 했다. 그런데 배액을 하고 나니 혈압이 정상치보다 낮아 약간의 어지러움과 피로감이 증가하였다.

아침에 혈액검사를 위한 채혈을 하고 오후에 주치의가 와서 추가 배액을 1,000cc 정도 하고 경과를 지켜보자고 한다. 알부민 수액은 농도가 20%로 100ml를 맞으면 혈액 내 농도가 이론상으로 0.8이 올라가야 하는데 정작 맞기 전에 2.7, 맞고 나서 2.8로 정상치 3.5 이상보다 한참 낮다. 신체 반응이라는 것이 알 수 없는 일이다. 사실 내심 혈액 내 알부민 수치를 높여 부종을 줄이고 기력을 증진할 수 있을 것이라고 기대했는데 이론과 실제가 다르구나 하는 것을 새삼 깨닫게 되었다. 저녁 들어 배변 생각이 들어 화장실에서 조심스럽게 시작하였다. 왜냐하면 힘주다 그만 두면 아니함만 못하기에 마음을 단단히 먹고 시작하였다. 입원한 지, 3일 동안 그런대로 식사는 하였기에 찰 만큼 차기도 했다. 그런데 웬일! 분명히 항문 앞까지는 내려왔는데 나오질 않는다. 간호사에게 부탁하여 좌약도 하였으나 효과가 없었다. 부득이 간호사 2명이 합세하여 기저귀를 깔고 관장을 시행하였다. 이것도 그다지 효과가 없어 밤새 기저귀를 갈아 차며 기저귀에 똥을 지렸다. 아내가 고생이 정말 많았다. 나도 이런 변비로 고생하느니 차라리 죽고 싶다는 생각이 들 정도였다.

11월 16일 수, 가족들의 격려

아침이 되니 전날의 배액과 변비로 인한 고통은 어느 정도 해소되고 혈압도 정상에 가까워졌다. 단지 수면 부족과 피로로 인하여 졸리고 몸이 늘어질 뿐이었다. 아침 10시경에 나를 끔찍하게 생각하는 영희가 찾아왔다. 그동안의 안부와 치료 경과를 묻고 내 안색을 살핀다. 가끔은 힘든 내색하기도 어렵다. 왜냐하면 끊임없이 파이팅을 외치기 때문에 그 앞에서 힘든 내색을 하기 싫기 때문이다. 『같이 걷는 길』 책을 권장하여 연구원 안의 원장을 포함한 여러 사람이 읽어 본 모양이다. 가슴이 먹먹했다는 둥, 감동했다는 둥 다양한 독후감을 이야기하고 꼭 내 건강이 좋아지길 바란다는 말을 전해 주길 당부하였다고 한다. 책을 쓴 동기 중 하나는 누군가에게 힘이 되고 싶다는 생각이었는데 오히려 내가 큰 힘을 받는 셈이다. 뜨거운 마음이 복받친다. 더군다나 이한철 씨는 책의 2부 '단상' 부분을 읽고 감명 깊었다고 하여 특별한 공감을 느껴 고마운 생각이 든다.

오후에는 규리와 정연, 그리고 수항이가 병원으로 왔다. 토요일이면 정연이와 규리는 독일로 돌아간다. 지난 주말에도 왔지만, 시아버지에게 한 번 더 인사드리러 왔으니 참 기특할 따름이다. 규리는 한국에 석 주 있는 동안 더 어른스러워지고 여전히 호기심이 많고 더 이뻐졌다. 원피스에 빨간 스웨터가 정말 사랑스럽다. 규리와 면회실에서 놀다가 피로해 병실로 돌아오니 바로 수항이가 와서 가려운 데를 긁어 주고 전신 오일 마사지를 해 주었다. 참 시원하였다. 얼마의 시간이 지나 정연이와 규리가 들어와 작별의 포옹을 하였다. 며느리의 큰 눈망울에 고이는 눈물을 외면하려 애써 눈길을 돌려 본다. 다음에 만날 때는 아장아장 걸을 수 있게 될 규리와 같이 산책할 수 있도록 더욱 기력을 빨리 회복하리라 다짐해 본다.

엊저녁에는 처제한테 전화 왔었는데 "형부~"라고 부르는 목소리가 젖어 있었다. 공주에 있으니 자주 보고 내 상태를 잘 알고 있는 만큼 안타까움이 큰 것이다. 장모님한테서도 전화가 왔다. 걱정하는 마음을 잘 알기 때문에 짐짓 목소리를 밝게 하며 좋아지고 있으며 퇴원하면 찾아뵙겠다고 말씀드렸다. 오늘은 말수가 적은 사위가 아내에게 전화를 했다. 조곤조곤 나의 안부를 물어보고 빠른 쾌유를 바라는 사위의 진심이 느껴진다. 모든 사람의 바람을 위해서라도 이번 겨울을 잘 이겨 내리라 다짐해 본다.

11월 16일 수, 딸의 일기

아빠의 발을 만져 본다.

내 손이 더 따듯한지 발끝이 조금 차갑게 느껴진다. 따듯해져라 하면서 쓰다듬어 본다.

건선이 생겨 허리 쪽이 하얗게 피부가 일어났다. 간지러워 힘드신지 계속 긁으며 고생하신다.

동백 오일과 피부 연고를 발라 등과 허리를 마사지해 드렸다.

손을 잡고 있는다.

온기가 전해진다.

투병이 계속되며 점점 야위고 피부는 생기를 잃어 가도 눈빛은 여전히 또렷하시다.

기운이 없고 거동이 불편해지서도 말씀 하나에는 힘이 있다.

말과 눈빛에서 의지를 보여 주시는 게 감사하다.

자식들에게 하고 싶은 말을 정리해서 말씀해 주시고 본인의 삶도 하나씩 정리해 마무리 짓는 모습을 보며 비록 병의 모습은 아름답지 않지만 이 또한 삶을 마무리 짓는 하나의 방식임을 알아 간다.

아빠가 나지막이 얘기하신다.

고맙다. 사랑한다.

나도 대답한다. 저도 사랑해요. 감사해요.

11월 17 목, 병실 풍경

4인실에서의 병실 생활은 누가 같이 있느냐에 따라 그때그때 다르다. 주로 소란스럽거나 시끄러운 사람에 의해 좌우되는데 이번에는 약간 특별한 경험을 했다. 일주일 정도 입원하면 그사이 환자들의 입실, 퇴실이 자주 있는데 이번에는 네 팀이 4일 이상 같이 있으면서 겪은 경험이다. 내가 입원한 병실은 대부분 종양혈액내과에서 온 암환자들로 평균 나이가 70세를 넘는 편이다. 내가 일요일 입실하기 전 먼저 한 침상을 차지한 환자와 보호자가 있었는데 엄청 깔끔한 사람들이었다. 소등과 실내에서 이야기하는 것 등에 대해 일정한 규칙을 가지고 있었다. 보호자인 부인은 매우 논리적인 사람으로 할 이야기는 다 하면서도 간호사에게 '고맙습니다, 감사합니다'라는 말을 꼭 붙인다. 그러나 있는 동안 몇 번 눈을 마주쳤는데 그 서늘한 느낌을 지울 수 없다. 단, 그분들께 먼저 다가가서 먹을 것이라도 건네면 상황은 부드러워진다. 우리 다음에 입실하신 분은 호흡기 질환이 있는 분인데 환자도 궁시렁궁시렁 말이 많은데 아주머니가 보통 수다스러운 것이 아니다. 병실에서 이야기하는 것도 외부에서 말하는 것과 같은 톤이다. 커튼도 항상 열어 두는 편이다. 그런데도 깔끔한 사람들로부터 별 제지를 받지 않았다. 대세를 끌고 가는 사람이 이렇게 하자면 또 잘 따라가는 수더분한 사람이다. 마지막에 온 사람은 조 씨로 공주에서 혼자 왔는데 나와 비슷한 연배로 암이 재발하였으나 긍정적으로 잘 치료받고 있는 사람이다. 비교적 시끄러운 편이며 다른 사람 일에 참견하길 좋아하고 본인 경험담도 많이 한다. 이 친구가 게임체인저이다. 다른 사람이 불편해하거나 필요한 일이 있으면 적극적으로 도와주니 싫어할 이유가 없다. 한번은 내가 힘들어서 누워 있는 사이 모두 나가서 서로의 이야기를 한 모양인데 얼마 후 병실의 분위기가 바뀌었다. 보통 사람들의 생활이라는 것이 이런 것이구나! 그들 속으로 들어가서 같이 공감하고 도와주려는 적극적인 마음이 다른 사람을 움직이는 힘이다. 진정한 소통이라는 것이 이런 것이고…. 배울 점이 많은 입원 생활이었다.

11월 19일 토, 복통

어제 퇴원하고 비록 몸은 피곤하였지만 이제 기력만 보충하고 열심히 온열치료를 하면 되겠다는 희망에 부풀어 있었다. 저녁에 복수 배액을 500cc 하고 나니 몸이 한결 가벼워지는 것 같았다. 그런데 이게 웬일인지 잠자리에 들어 12시경이 되니 배가 살살 아파지는데 무어라고 설명하기 어려울 지경이다. 새벽 2시경에는 내가 일어나기 힘들어 아내를 깨워 마약진통제를 먹었다. 통상의 경우라면 30분 이내에 진통이 가라앉기 마련인데 시간이 갈수록 점점 심해지고 울고 싶은 심정이다. 4시경 진통제를 한 알 더 먹었다. 그런데도 차도가 없고 속이 울렁거리나, 토할 수도 없었다. 도저히 참다못해 응급실로 가기로 마음먹고 3층에서 1층까지 한 계단씩 기어서 내려갔다. 바지는 홑겹 파자마에 위만 패딩을 걸치고 병원까지 가는데 몸을 편히 가눌 수가 없었다. 몇 번 죽고 싶다는 생각이 들었는데 변비로 12시간 이상 고생할 때와 소화불량으로 너무 힘들 때 그리고 지금의 경우가 그렇다. 일상에서 흔히 겪는 일이나 그 정도가 너무 심하면 아무 생각이 나지 않는다. 이대로 빨리 갈 수만 있다면! 응급실의 침대에 실려 입실했을 때는 말도 하기 힘들 정도였으나 여기서 해결해 주리라 생각하니 조금 진정되었다. 나는 서둘러 진통제를 달라고 요청했고 응급실에서 속진정제 수액과 진통제 주사를 놓았더니 1시간 정도 지나서 안정되었다. 후에 그 진통제가 무엇인지 알아보았더니 케토락(대우제약)이라는 진통제로 중증의 급성통증에 효과가 있는 것이다. 주사를 맞기 전후해서 혈액검사도 하고, 복강 체액을 취하고, 엑스레이 촬영도 하고 CT 촬영도 하였다. 통증에 대한 뚜렷한 이유는 말하지 않았으나 아마 감염이 된 것 같다고는 한다. 그런데 담당의사가 아내를 부르더니 무언가 이야기하였는데 조금 있다가 바로 입원하는 게 좋다고 한다. 이게 웬일이람! 일이 더 커진 게 아닌가! 황달이 심해져 무언가 조치를 취해야 한다는 것이 주된 이유고 감염을 제어하기 위해서는 계속해서 항생제를 맞아야 한다는 것이다. 할 수 없이 병실에 입원하기로 하고 코로나 검사부터 다시 시작하였다. 어제 퇴원할 때만 하여도 빌리루빈 수치가 정상에 가깝게 떨어져 희망이 있었는데 다시 올라가다니, CT 결과로 볼 때 담도가 더 막힌 모양이다. 결국 올 게 온 것인가? 월요일에 주치의를 만나 바로 배액관 시술을 할 것인지 조금 더 경과를 볼 것인지 상의해 보아야겠다. 그런데 어차피 암이 수그러지지 않는 한 예정된 순서이기는 하다. 결국 이렇게 가는 건가?

11월 22일 화, 통증은 아무도 모른다

응급실에서 입원할 때 다른 환자를 신경 쓰는 것을 최소화하려 2인실 병실을 원했다. 토요일과 일요일 무언가 심상하지 않았는데 월요일 오후부터 난리가 났다. 옆 침상의 환자가 호흡과 신장이 좋지 않은 것 같은데 소리 지르고 보호자에게 이랬다저랬다 하고 호흡기를 떼려고 하는 등 소란의 정도가 심하였다. 저녁에 투석하려고 하였으나 혈압 저하로 쉽지도 않았던 것 같다. 중환자실로 옮긴다, 인공호흡기를 달 수도 있다고 하는 것을 보면 사태가 심각한 것 같다. 밤이 되어서도 소리를 지르는데 도무지 참을 수 없다. 고통이 오죽하면 그러랴 싶지만 정작 내가 견딜 수 없다. 고통이란 누구도 이해해 줄 수 없다. 내가 결국 간호실에 요청하여 그 환자를 다른 방으로 옮긴 것은 밤 1시경이었다. 이제야 한숨 잘 수 있을 것 같다. 아침이 되어서도 옆 침상의 환자는 큰 차도가 없었다. 다행히 다른 방이 비어서 내가 옮겨 갈 수 있었다. 병실 생활은 아무리 해도 쉽지 않다.

11월 23일 수, 치료 경과

토요일 새벽 병원 응급실에 올 때는 극심한 복통 때문에 고생했으나 응급실에서 진통제와 진정제를 맞고 해결되었다. 그러나 정작 미생물이 혈액으로 감염된 것 같다는 판정이 있어 항생제를 맞으며 병실로 입원했다. 닷새 경과 후 감염 정도가 그렇게 심하지 않아 구강투여 항생제로 처치할 수 있을 것으로 주치의가 판단하였다. 병실에서 크게 고생했던 변비는 강력한 변비약인 비사코딜정으로 해결되길 기대해 볼 수 있다. 입맛이 통 없었는데 맥케이드라는 먹기 거북한 짜 먹는 약을 먹으니 다소 개선되는 것 같다. 그런데 복수를 그때그때 배액한다고 하는데 여전히 배가 팽팽하다. 복수관리, 운동, 식사를 잘 병행해야겠다. 문제가 한 개 더 생겼다면 복수가 배액관을 삽입한 곳으로 새어 나와 옷이 흥건히 젖을 정도이다. 이를 어쩔꼬?

11월 24일 목, 새 차 시승식

퇴원하고 나니 1년 이상을 기다린 새 차 쏘렌토 하이브리드를 영식이가 집 앞으로 가져왔다. 내가 새 차를 사기는 드문 일인데 퇴직금의 일부를 아내를 위해 새 차를 사는 데 투자한 것이다. 그동안 아반떼를 10년 이상 잘 탔으나 나중을 위해서라도 안전성, 승차감과 연비 등을 고려하여 차를 교체하기로 하였다. 아내가 시내 주행을 해 보았다. 큰 무리 없이 잘 적응하는 것 같다.

11월 28일 월, 변비로 망가진 하루

어제는 새 차를 타고 변산반도를 둘러볼 예정이었다. 변산반도 드라이브 코스는 해안을 따라 돌면서 바다를 내려다보는 내가 제일 좋아하는 드라이브 코스이다. 집과 병실에서 고생하는 아내에게 내가 같이할 수 있는 드문 즐거운 일이다. 그런데 문제가 생겼다. 퇴원 후 3일 동안 변을 보지 못해 아침 식사 후 대변을 보러 화장실에서 반복해서 힘을 주었건만 변이 나올 생각을 하지 않는다. 병원에서 처방한 약이란 약을 다 먹어도 효과가 없다. 이제 드라이브는 물 건너간 일이고 오직 대변을 보기 위한 치열한 싸움이다. 모든 수단을 강구하다 결국 손으로 파내는 일에 몰두하였다. 찐득한 떡 같은 변이 한 덩어리씩 잡힌다. 아내는 휴지로 변기에 버리고 나는 또다시 파내고, 손가락 끝에서 전해 오는 항문 안쪽의 덩어리들이 느껴진다. 조금 밀어내고 다시 파내기를 반복하는 사이 나는 거의 탈진 상태가 되어 갔다. 점심은 아예 생각도 못 하고 매트 위에 몸을 뉘어 잠을 청한다. 중국에서 얼마 전 귀국한 구남평 박사가 찾아와 선물로 가져온 보이차를 마시며 그간의 일에 대해 담소를 나누었다. 내가 힘들어하는 모습을 보고 일찍 자리를 끝내고 나는 다시 매트 위에 쓰러졌다. 늦은 밤이 되어서야 배 속도 진정이 되어 간다. '오! 주여~' 하필 이런 때 하느님을 찾다니….

아침 일찍 겨우 몸을 일으켜 병원에 가서 채혈하고 진료 후 주사실에서 알부민과 이뇨제 주사를 맞았다. 사실 오늘도 거의 누워 지냈다.

11월 30일 수, 속 쓰림과 구토

오전에 뜸 뜨러 한방웰리스에 왔는데 몸을 움직일 수 없을 정도로 속이 쓰려 왔다. 병원 응급실에 가기도, 동네 내과 가기도 수월치 않아 집으로 겨우 왔다. 수항이와 우경이가 내려왔다. 동네약국에서 지산제를 사고 집에 있던 마약성 진통제를 복용하며 어떻게 하든 속 쓰림을 다독거려 보려 애썼다. 어두워지기 전에 딸 내외를 올려 보내고 결국은 세종충남대학병원 응급실에 갔다. 지난번처럼 복통을 해결해 주길 기대하며…. 응급실에서 진통제와 진토제 주사를 맞았으나 울렁거림이 도저히 멈추질 않고 몸을 누이기도 어렵다. 결국 추가 진료를 포기하고 집으로 왔다. 집에 와서 구토증을 느껴 아예 큰 통을 옆에 끼고 계속 토할 때마다 검은 토액성 액을 받다가 그래도 여의치 않아 화장실에서 구토를 유도하였다. 몸이 탈진되는 것도 문제지만 몸을 누일 수가 없어 잠을 잘 수가 없는 고통에 시달렸다.

11월을 정리하며
- 살고 싶은 의지와 예정된 죽음 사이에서

내가 살고 싶은 이유는 여러 가지가 있다. 나를 필요로 하는 사람이 있고 나의 쾌유를 바라는 이들에게 기쁨을 선사하고 싶고, 책을 추가로 발간하여 소통의 깊이를 더하고 싶기 때문이다. 그래서 규리와 같이 산책을 하고 봄에 수선화가 활짝 핀 세심처를 볼 때까지는 살고 싶다.

그런데 암의 경과는 의사가 예상한 대로 수그러들지 않고 계속 악화되고 있는 것 같다. 11월 초에 CT 결과를 보고 암이 전이되고 담도가 부풀었으며 기대 수명이 3개월이라 했을 때 아내와 마주 보고 눈물 한 줄기 흘렸던 기억이 난다. 이달 중순엔 복수천자의 불편함을 덜기 위해 배액관을 삽입하였는데 세균감염이 의심되어 추가로 일주일 입원하는 등 병실에서 지낸 시간이 많았다. 체력도 지난달보다 저하되어 혼자서는 움직이기도 힘들 정도가 되었다. 아내가 항상 옆에서 도와주고 휠체어도 끌어 준다. 배액관도 복수가 새어 나와 매일 소독을 해 주어야 한다. 그에 더해 달 초에는 복통과 변비 때문에 무척 고생을 하였다. '이제 이렇게 가는구나' 하는 생각이 든다. 아니, 이대로 더 이상의 고통이 없이 갈 수만 있으면 그것도 좋겠다 싶다.

그러나 사람의 수명은 하늘에 달렸다고 내 바람하고는 거리가 멀 때도 있다. 숭산 스님의 말씀이 생각난다. "오직 모를 뿐, 오직 할 뿐!" 내가 얼마나 살지는 속단하기 어려우며 나는 오직 최선을 다할 뿐이다. 다행스러운 것은 배액관 시술 당시 올라가던 빌리루빈 수치가 꺾였다는 사실이다. 담즙 배출에 문제가 없다면 추가적인 시술 없이 생활을 할 수 있을 것이다. 달 말에 퇴원할 때 새 차가 나온 것도 즐거운 일이다. 빠른 시간 내에 몸을 추스려서 서해안, 남해안을 아내와 함께 드라이브하고 싶다.

2022년 12월의 시작

⋮

12월 1일 목, 관장 시도

매달 당뇨약 처방을 받는 손경선내과에 갔다. 배를 만져 보더니 문제의 원인으로 위장관 문제를 지적하고 숙변을 제거하기 위한 관장을 유도해 주었다. 병원 시설이 좋지 않아 주요 사항을 숙지하고 약을 처방받아 집으로 와서 관장을 재차 시도하여 일정분의 변을 제거하였다. 밤새 잠도 못 자고 구토를 계속하였다.

12월 2일 금, 콧줄을 끼다

정기진료차 아침에 병원에 와서 바로 응급실을 통해 입원 권유 받고 X-ray, 심전도, CT 촬영을 하고 코로나 검사를 한 다음 콧줄 시술을 권유받았다. 위산을 제거하는 데 가장 확실한 방법이라고 하여 진행하였다. 300cc 정도의 검은 위산 배액을 받고 나니 이게 나를 살리겠다 싶었다. 익숙한 병실로 안내되었다. 그런데 콧줄은 코를 통하여 관이 위까지 내려간 것으로 답답하기가 이만저만 아니다. 언제 줄을 제거할지는 간호사는 모른다고 한다. 나는 답답한 심정에 빨리 뽑아 달라고 사정하였다. 저녁에 주치의가 올라와 관을 제거함으로써 생기는 어려움에는 책임질 수 없다고 한다. 정말 콧줄을 제거하고 나니 숨 쉬는 것은 용이하나 속쓰림이 다시 시작되었다.

12월 3일 토, 다시 콧줄을 끼다

말을 하고 싶을 때 하기 어렵다면 그 답답함은 이루 말할 수 없다. 회사의 해외업무를 내가 지속하기 어렵다는 말을 김 대표에게 확실히 하고 향후 일을 당부해야 했다. 토요일 오전에 병원에 방문해서 내 경과를 이야기해 주고 내게 힘을 주는 일은 회사가 잘 돌아가는 것이라 재차 강조하였다. 오전에 다시 콧줄을 꼈다. 4일째 금식 중이다.

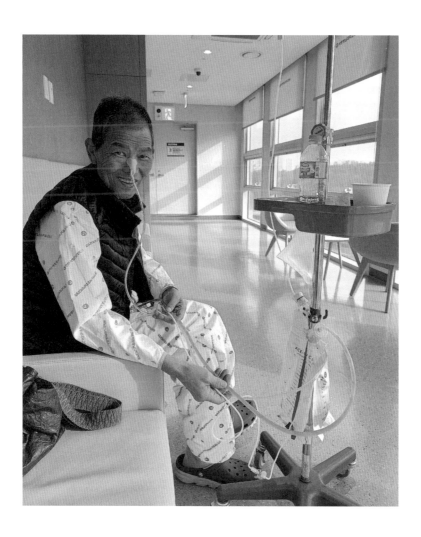

12월 4일 일, 고통의 눈물

전날 잠을 잘 잤다. 온전하게 누워서 잠잘 수 있음에 감사하다. 아침에 몸무게를 재니 54.2kg이다. 한창 때에 비해 20kg 이상 빠진 셈이다. 무엇보다도 기력이 없는 것이 나를 더욱 힘들게 한다. 옆 침상의 환자가 고통으로 눈물 흘리고 보호자도 덩달아 눈물을 흘린다. 무심한 나도 같이 눈물을 흘리고 아내도 눈시울을 적신다. 남의 일이 아니기 때문이다. 나도 울고 싶을 때는 실컷 울자. 그리고 남은 시간 여행을 갈 수 있으면 가자. 생존에의 욕구가 아니라 웰다잉을 생각하자. 수항이가 우경이와 또다시 내려왔다. 가까운 길도 아닌데…. 이제는 이별을 준비할 때라고 이야기하면서 아쉬움의 눈물을 나누었다. 마지막 하고 싶은 일이 있다면 서해안 여행을 다녀오는 것이라 이야기하고, 이 글이 출판되도록 마무리 지어 달라고 부탁하였다.

12월 5일 월, 호스피스병원으로 가자

복수 배액관, 위액 배액관, 그리고 금식 보완용 영양제 공급줄 등 세 개의 민감한 줄을 몸에 지니고 다닌다는 것 자체가 고역이다. 아침에는 입이 마르고 몸을 제대로 하기 어렵고 숨쉬기도 어렵다. 주치의가 말했듯 콧줄을 빼기 어렵다면, 그리고 빌리루빈 수치가 높아져 간다면 이제 내게 남은 시간은 매우 짧다. 옆 침상의 보호자의 의견을 적극적으로 수용하여 보훈병원으로의 이전을 준비하였다. 서둘러 서류를 준비하고 진료 예약을 한다. 자~ 이제 갈 준비를 하자! 아쉬움을 남기고 단지 먼저 갈 뿐이다.

나는 연기를 잘한다. 죽어 가는 사람이 고통을 호소하며 눈물을 흘리는데 누가 동조하지 않으랴! 오후에 노 부장과 김 대표가 왔을 때 작별의 시간이 왔음을 알리고 욕심 많게도 좋은 기도를 부탁하였다. 농담 반 진담 반으로 내 사망일이 성탄절(12월 25일) 또는 내 생일날(1월 10일)이었으면 좋겠다고 했다.

12월 6일 화, 복수 배액관 재설치

복수 배액관 연결부위에서 계속 복수가 샌다. 혈관조형실로 가서 이전 것을 빼내고 왼쪽에 다시 삽입하였다. 갈비뼈 사이에 삽입하여 숨 쉴 때 통증이 많이 느껴져 진통제를 먹었다. 저녁에 재홍이가 왔다. 이제는 헤어진다는 안타까움에 마음을 졸이기보다는 그동안의 인생에 대해서 이야기하였다. 친구의 눈에 비친 나는 하고 싶은 일도 많이 하고 잘해 왔기 때문에 주변 친구들에게 좋은 본보기가 된다는 것이다. 고마운 말이다. 항상 아쉬움은 남지만 그동안 잘 살아온 만큼 이제는 '잘 죽기'만 남은 셈이다. 그러나 나를 믿고 투자해 준 여러 사람에게는 항상 미안한 마음을 금할 수 없다. 신경 쓰지 말라고 한다. 어려운 상황에서도 잘해 왔고, 잘될 것이라고! 고마워, 고마워! 한평생 잘 지내다 조금 먼저 갈 테니 그사이 건강하고 잘 지내!

Tip 환자의 체험에서 본 복수관리 유의 사항

① 복수를 오랫동안 몸에 지니는 것은 도움이 안 된다. 나는 약 3달 동안 17번에 걸쳐 약 60kg에 달하는 복수를 배액하였는데, 움직임과 호흡, 장운동 모두에서 불편함이 너무 컸다. 시간이 지나면서 복수가 현저히 줄지 않는다면 매번 천자를 하지 말고 배액관을 달아 몸

의 무리를 최소화해야 한다. 의사의 권고가 필요하다고 생각한다.

② 복수가 차 있는 상태에서 배변이 잘 나오지 않으면 반드시 관장을 해라. 대변을 보지 못하면 신체 기능이 크게 떨어진다.

③ 현재 나는 위와 장의 운동이 좋지 않아 코와 식도로 줄을 삽입해 위액을 제거하고 있다. 금식을 해야 하며 숨쉬기와 말하기도 매우 불편하다. 위와 장운동이 개선되지 않으면 콧줄을 제거할 수 없다. 실제로 유효한 약이나 치료 방법이 없다. 미리 대책을 세우지 않는다면 정상적인 생활은 생각하기 어렵다.

12월 8일 목, 진통제 증량하고 수면제 요청하다

전날의 밤부터 찾아온 고통은 말로 설명하기 어렵다. 특정 부위가 아프다기보다 무기력, 불편한 속, 콧줄의 부담, 배액관 추가삽입에 따른 고통 등으로 잠을 청하기가 어려워 진통제를 추가로 요청하였다. 아내한테 내 심경을 다시 한번 분명하게 이야기하고 동의를 구했다. 이런 상태로 삶을 지속한다는 것이 의미가 없으니 고통 없이 내가 이 생을 떠날 수 있게 해달라고 이해를 구했다. 그동안 우리는 후회 없이 열심히 재미있게 잘 살아왔고 확진 후 주변 정리를 잘해 와서 이제는 언제든 떠날 수 있지 않느냐고 하였다. 아쉬움은 항상 남아 있고 언젠가 헤어지기 마련인데 그게 지금이라고 생각한다. 다음 주 기항이가 들어오니 가족 모두의 의견을 잘 들어볼 생각이다. 오전에 김 교수가 회진을 돌 때 내 생각을 전하며 고통을 경감해 줄 것을 요청하였고 오후부터는 진통제를 지속해서 맞을 수 있도록 조치했다. 아울러 뒤숭숭한 잠자리, 불안감 등을 이야기했고 저녁에 정신신경과의 김 교수가 상담하면서 내 이야기를 잘 경청해 주었고 수면제 처방이 도움이 되길 바랐다.

12월 8일 목, 폭풍 - 아내

한차례 폭풍이 지나간다. 가려운 데 오일 바르며 문질러 주고…. 물로 입가심하여 입마름에서 벗어나자…. 배액부위 상처 열어 소독하여 시원하게 거풍시키고…. 분위기 환기한 다음… 길어진 수염도 말끔하게…. 마약성 진통제가 오니 한결 편안한 기분…. 전자뜸으로 배를 따뜻하게… 발을 주물러 이불로 포근하게 감싸 주면… 잠이 스르르…. 구토로 입원한 지 일주일…. 콧줄을 끼고 음식을 못 먹은 지가…. 이제는 먹을 수도, 걷는 것도, 통증의 괴로움만 커져 간다. 점점 더…. 살짝 잠든 사이! 오줌통 배액, 침통 비우기!

12월 8일 목, 아버님의 『같이 걷는 길 2』를 미리 읽고 - 며느리

아버님이 구글드라이브에 올려 주시자마자 읽기 시작해 오늘은 규리와 시간을 보내기보단 아버님의 두 번째 『같이 걷는 길』과 시간을 보냈다. 오늘은 짬 날 때 읽는 것이 아닌 짬 날 때 규리와 놀아 주었다.

2022년 7월부터의 아버님 일기는 6월까지의 일기보다 어찌 보면 더 고통스럽고 생생하게 다가왔다. 요즘 아버님과의 통화가 점점 줄고 있어서 멀리 있는 나로서는 아쉬운 마음이 크다. 아버님이 불편하실까, 어머님 쉬시는 시간을 방해할까 싶어 기항 씨에게 규리와 통화를 부탁한다.

아버님 글에 내가 종종 나온다. 육아휴직으로 인해 다행히 가족과 함께했던 시간이 올해는 다른 때보다 많았던 만큼 아버님 일기에서 내 이름을 볼 때마다 그날을 기억하기 때문에 가슴이 시리고 눈물이 난다.

11월 16일, 병원에서 인사에 규리와 함께 산책하시고 싶다던 아버님 말씀이 매일 생각난다.

아버님은 내년에도 웃으며 반겨 주실 것 같다. 그리고 규리와 손잡고 제민천 산책을 하시고 세심처에서 규리 뛰는 모습을 보실 수 있을 것 같다. 아버님은 강한 분이시니까!

병원에서 마지못해 3개월이라 얘기했던 것을 거스를 수 있을 것 같다. 작년 10월에 규리 태어난 직후 아버님 수술 때 의사가 말했던 것을 넘어선 것처럼…. 아버님과 항상 같이하시고 아버님을 위해 애쓰시는 어머니, 그리고 우리의 빈자리를 채워 주는 수항 씨, 우경 씨에게 감사의 마음을 전한다.

나의 감상문은 길지 않다. 길게 주절주절 써도 지금 내 모든 마음을 담을 수 없기에 짧고 간결히 쓰고 한 줄로 마무리한다. 아버님, 사랑해요!

독일에서 정연이 드림.

12월 10일 토, 일신우일신(日新又日新)

아침에 일어났을 때 왠지 모르게 걷고 싶은 의욕이 솟아 누워서 앞차기 운동을 하고 병동을 한 바퀴 돌았다. 이번에 입원해서 처음 있는 일이다. 그동안 몸이 얼마나 약해졌는지 알 수 있는 대목이다. 빌리루빈 수치가 계속 오른다고 하여 교수의 처방 없이 우루사와 레가논을 먹기 시작했다. 배변을 위하여 관장을 가능한 한 매일 하기로 했다. 장운동 강화를 위하여 배를 자주 문질러 준다. 죽음이 문 앞에 있다고는 하지만 나는 건강을 위하여 할 수 있는 최선을 다하려고 한다. 더군다나 나는 기본적으로 연구원 출신 아닌가? 건강을 하여 나름 최선을 다하고 그 결과를 분석하고 활용하는 데 노력을 다할 것이다.

　큰처남 내외와 작은처남 내외가 병원으로 문병 왔다. 큰처남이 말수가 적은 데 비해 그동안 내게 보여 준 염려와 격려는 적이 감동 받을 만하다. 마지막이 될지 모르는 인사에 그동안의 서로 간 좋은 시간에 대해 감사하고 앞으로도 남은 사람들은 서로 간의 우애를 돈독히 하고 떠나가는 내게는 좋은 기억을 남겨 두기를 당부했다. 웃음과 슬픔이 교차하는 시간이었다. 수항이와 우경이가 빈번하게 문병을 온다. 나는 마다하지 않는다. 지금은 바쁘겠지만 떠나지 전에 한 번이라도 더 보는 것이 헤어지고 나서도 좋을 것이라고 생각하며 삶과 죽음에 대해 한 번이라도 더 생각함은 삶에 도움이 되리라고 생각한다. 그리고 그동안 정리된 생각을 함축해서 이야기하고 싶다. "욕심이 있는 한 아쉬움은 항상 있기 마련이다. 그러나 그동안 하고 싶은 일을 두루 하였으니 지금 떠난다고 해도 아쉬움을 접을 수 있으니, 부디 축복해 다오."라고 말이다.

12월 11일 일, 헛 것이 보임

　눈을 떴을 때 아침인가 싶었는데 복수 배액관을 가려움에 못 견뎌 뜯어놓고 있었으며 새벽 두시 밖에 안되었다. 아내는 피곤해서 자고 있고 옆침상은 조용하다. 간호원을 부르니 간단한 조치를 끝내고 오전에 교체해준다고 한다. 여기가 어디인지 분간이 안가고, 불안하고 가렵고 견딜 수가 없다.

12월 12일 월, 병원 이전으로 마음을 결정하다

　오전에 보훈에서 이원이 가능하다고 연락이 왔다. 김 교수와 수속의 협

조를 부탁하고 마음을 정하다. 월요일 밤에서 아침까지 비교적 잘 자다.

12월 12일 월, 한국행 비행기 안, 아버지의 두 번째 책을 읽다 - 아들

난 참 못난 아들이라 아버지가 첫 번째 책을 내실 때 굳이 부족해 보이는 것을 말해 왔었다. 아버지의, 약간은 너무 아버지 같은 글은 누가 읽어도 '그래, 이인영이구나' 함을 느낄 수 있는 아버지의 분신과 같은 것이었는데 나는 이해하지 못하고 있었던 것이다. 성경을 하나님과 동일시하고 『화엄경』을 부처님과 동일시하기에 우리는 그분들과 동행하고 있는 기쁨을 느끼는 것인데 나는 굳이 아버지와 동행하려 하지 않았다.

지금은 나와 동행을 해 주는 아버지의 이 두 권의 책이 얼마나 소중한지 모른다.

아버지와 계속 실존으로 동행하고 싶은 마음이 크지만 아버지 말씀대로 아쉬움은 늘 존재한다. '떠남'이라는 최고의 슬픔도 늘 우리에겐 존재한다. 근 몇 년 사이 늘 존재하는 듯했던 많은 나의 사람들이 나를 떠나갔고 떠날 준비를 한다. 하지만 그들이 나라는 사람의 갈 길을 만들어 주었고 실존하진 않지만 동행하겠다고 말해 준다. 난 그들의 동행이 나로 인해 만발한 꽃밭 길이 되도록 노력해야 한다.

아버지의 글은 끝났지만(아버지의 마지막 일기인 모월 모일 일기도 이미 쓰여 있었다) 또 다른 장소와 시간에서 끊임없는 동행의 시작이 되풀이될 거라 생각하니 연기는 영겁이요. 그게 당신의 삶의 목적이었고 잘하셨으니 아들도 며느리도 손녀도 배우고 동행하는 삶을 배우겠노라고 감사하다고 안아 드리고 싶다. 그렇게 아버지의 마지막 일기는 아버지가 쓰신 것과는 다르게 빛을 잃지 않고 환한 연꽃이 되어 우리를 인도

할 거라 생각한다.

마음속 깊은 곳 어디선가 들국화의 〈행진〉 같은 노래가 울린다.

동행을 함으로써 끝이 없을 아버지의 행진은 많은 사람들이 같이할 것이리라.

아버지가 자랑스럽다.

아버지가 생각한 그 목적 그대로의 삶을 이루셨어요.

감사하고 사랑합니다.

12월 13일 화, 대전보훈병원으로 이전하다

오줌배액관

12일 13일 화, 아버지가 책을 부탁하시다 - 아들

오후 3시경에 아버지가 대전보훈병원으로 이전하시고 나도 다행히 공항에서 대전으로 가는 버스를 입국하자마자 탈 수 있게 되어 늦지 않고 바로 뒤이어 도착하였다. 보호자의 코로나음성 여부 결과가 필요했기에 응급실에서 호스피스병동으로 가는 데에는 2시간의 시간이 소요되었다. 그 시간 동안 담당의 선생님의 친절한 설명과 엑스레이 촬영 등이 진행되었고 아버지가 오늘 일기에 남기신 딱 한 단어처럼 요로에 카테터가 삽입되었다. 자신의 몸에 줄이 늘어나는 게 얼마나 싫으셨으면 병동에 들어오시자마자 다시 원래 있던 병원으로 가고 싶다 하신다. 어머니와 결정을 완벽히 못 내리고 발을 동동 구르고 있을 때 밖은 이미 칠흑같이 어둡고 엄청난 양의 눈발이 휘날리고 있었다. 아버지의 간절한 요구를 바로 들어드릴 수가 없었다. 그래서 결국 내일 아침까지 어머니와 다시 상의해 보시라고 하고 공주 집으로 떠나왔다. 아버지는 빌리루빈 수치가 9에 육박하고 있어 황달이 너무 심한 상태였다. 의사 선생님이 지금 시점에서부터는 조금씩 섬망증상이 생길 수도 있다 하시고 빌리루빈 수치가 15에 들어가면 뚜렷하게 섬망증상이 시작될 거라 하신다.

아버지의 일기는 점점 짧아지겠지만 아버지의 생의 마지막 부탁이 될 아버지의 분신 같은 책을 조금이나마 더 잘 마무리 지을 수 있게 아버지의 일기는 아버지가 쓰신 글자 그대로 남기고 예전 아버지가 발병하셨을 때 우리가 일기를 시작했던 것처럼 같이 동행하여 쓴다.

12월 14일 수, 아버지는 여전히 역시 아버지 - 아들

평일 아침 8시 반에는 늘 회진이 있다. 아버지가 의사 선생님과 이야기를 나누면 이곳 호스피스병동에서 계속 계실지 아닐지 완벽하게 결정이 될 것 같았다. 역시나 태어날 때부터 연구자, 탐구자로 살아온 아버지의 요구사항이라든지 물음들을 자신이 할 수 있는 한 친절하게 대답해준 담당의와의 대화 끝에 계속 이곳 병동에 남아 있기로 결정하셨다. 소변 배출이 잘돼서 그런지 잘 주무셨다고 해서 그런지 아버지의 황달이 조금 좋아진 느낌이 있었다. 그런 점도 아버지가 이곳에 남길 원하시는 이유였을 것 같다. 그래서 요로 카테터도 일단 계속 끼시기로 하였다.

요 근래 아버지와 통화를 하면서 그리고 어제 아버지의 또렷한 모습을 거의 못 보았는데 아버지가 의사 선생님과 이야기하려고 눈을 부릅뜨고 최대한 또박또박 약물 단어라든지 요구사항들을 말씀하시는 모습을 보며 여전히 역시 아버지구나 하였다. 그렇게 회진이 끝나고 어머니와 구체적으로 이곳에 남기 위해 계획을 해야 했다. 코로나로 인해 굉장히 문제가 된 면회규칙이 바로 그것이었는데 이는 사실 아버지뿐 아니라 우리도 다시 세종 충남대학병원으로(나는 이럴 거면 차라리 집이 낫겠다 하는 마음도 있었다) 가는 게 어떨까 하는 생각을 한 게 시발점이었다.

병원내규는 이러하다. 아버지가 이곳에 머무시는 중에 단 1번만 직계가족 최대 5인까지만 3시간의 면회 시간을 가질 수 있다. 아버지가 임종 직전(의식이 불분명하고 임종이 가깝다고 의사 판단 시)이 되면 그때부터는 직계 가족이 같이 있을 수가 있다.

어머니와 내린 결론은 일단 아버지가 이곳에서 안정을 취해야 되기 때문에 이곳의 시스템을 일단 이번 주는 최대한 사용하자는 것이었다. 아버지의 의식이 최대한 또렷한 상황에서의 면회가 중요했기에 하루도 늦추지 않고 수항이와 작은아버지들이 바로 준비하여 내려오게 되었다.

면회 시간 동안엔 목마름이 극에 달하고 있던 아버지는 입안의 수분기를 최대로 하시면서 총명한 대화를 이어 나가셨다. 작은아버지들이 아버지 손과 발을 정성껏 주물러 주시면서 예전 이야기를 해 주셨는데 작은아버지들도 아버지께 여전히 '역시 형이구나' 하신다.

동생 수항이는 뜨거운 눈물과 안타까움이 가득하다.

딸에게는 힘이 없어진 아버지가 역시 아버지일 수가 없다.

아버지의 혈당은 200 언저리, 혈압은 90/54, 오후에는 3시간 주기로 진통주사 투여를 받으셨고 황달로 인한 가려움이 많아 항히스타민제주사 투여, 수면주사를 맞고 취침.

12월 15일 목, 깊은 잠 속으로 들어가고 있는 당신 - 아내

　이젠 모든 걸 하나씩 내려놓고 그동안 겪어 왔던 육신의 고통에서 자유롭기를 바라요. 열반적정…. 세상에 인연 되어 왔다가 본래의 여여한 그곳으로 가겠지요.

　지, 수, 화, 풍…. 이젠 자연 속에서 당신과 만나게 되겠지요. 푸른 하늘에 하얀 뭉게구름으로 떠 있다가 바람에 흩어져 사라지듯이 마음에 머물다 사라지기를 반복하면서 세월이 가겠지요. 애쓰며 살았던 삶이 또 다른 씨앗이 되어 무럭무럭 자라고 있을 테고요. 겨울에 태어난 아이가… 수선화 피는 따뜻한 봄날을 앞에 두고… 눈 내리는 깊은 겨울 잠을 자네요.

　진통제, 수면제, 항생제의 반복주사로 의식을 하나씩 내려놓는 상태로 가고 있는 듯 평온한 시간이 흐르고 있네요.

12월 15일 목, 고전분투 - 아들

　아버지의 상태가 밤새 많이 안 좋아졌다. 호흡에도 곤란이 생기고 있고 황달로 인한 가려움이 이만저만이 아니신 것 같다. 어쩔 수 없이 수면제를 밤 사이에 두 번을 맞으셨는데 첫 번째는 2시간, 두 번째는 1시간밖에 못 주무셨다. 황달로 인한 가려움이기 때문인지 항히스타민제도 역시 도움이 안된다. 결국 아침 회진 때 옥시코돈을 20ml로 늘리기로 하였다. 오후 1시 즈음에 고모가 아버지를 보기 위해 오기로 하여 11시부터 가려움과 고통이 있던 아버지는 수면제를 안 맞으시고 기다리셨다. 아침 내내 힘든 시간을 보낸 아버지는 코로나로 인해 제한된 면회 규칙으로 창문 두 개 건너보이는 고모와 얼굴을 보며 전화로 5분 정도의 엄청난 집중력을 보이며 대화를 하셨다. 마지막에 보이신 엄지 척과 웃음은 고군분투 속에서 이긴 승리자의 모습. 대화가 끝나시고 용량을 늘린 수면제를 맞으시고 편히 주무셨다.

하루 종일 아버지는 잠깐잠깐 일어나서 너무나도 마른 입과 혀를 축이시는 일만 반복했다. 딸 규리가 물을 혼자 컵으로 마시기 시작하는 때 아버지는 도움을 받아 물을 마시는 것도 아닌 잠시 입을 헹구고 다시 뱉어내는 일도 버거워 보임이 탄생과 죽음은 언제나 교차하고 있음이 또다시 상기되었다. 아침 회진 때 주치의가 "점점 아기처럼 되어 가실 겁니다"라고 말한 게 급속도로 진행됨이 느껴졌다. 아버지가 좋아하는 영화 중에 하나인 〈벤자민 버튼의 시간은 거꾸로 간다〉의 장면처럼 아기처럼 되어 가고 있는 아버지께 이불을 덮어 드리고 아버지를 오매불망 기다리는 어머니와 교대를 하였다.

1시에 통증과 가려움으로 잠에서 깨신 후 수면제로만 잠을 주무심. 6시부터 모르핀 10mg 2~3시간 간격 투여. 회진 후에는 옥시코돈 용량을 높여 투여 시작. 수면제도 두 배를 사용.

12월 16일 금, 끝을 향하여 – 아들

아버지 기력이 전부 소진이 되었고 고통만이 남았다고 판단되어 아침 회진 때 앞으로는 수면제와 진통제를 상시가 아닌 24시간 투여하는 방침으로 가고 앞으로 일주일가량이 남은 것 같다고 어머니께 전화가 왔다.

끝을 향하는데 그 어떤 선택도 맞다고 틀리다고 말할 수 있을까. 하지만 지금까지 부모님이 발병 때부터 헤쳐 오신 많은 선택들은, 비록 암을 극복하지는 못하셨지만 최고의 선택이었고 맞는 선택이었다고 말씀드리고 싶다. 그리고 두 분이서 실행해 오신 그 많은 일들이 너무나도 자랑스럽다.

항시 진통제와 수면제 사용. 몇 차례 일어나서 목만 축이시고 바로 다시 누우심.

12월 17일 토, 대설주의보 - 아들

아버지가 고통 때문인지 도통 편히 못 계신다. 계속 앉았다 누웠다를 반복하다 보니 없는 살과 근육이 아예 없어진 느낌이다. 뼈만이 아버지를 지탱하고 마른 입술에서 조그맣게 흘러나오는 내가 잘 알아들을 수 없는 의지만이 아버지를 움직인다.

원하시는 것을 해 드리고 싶지만 그게 무엇인지도 잘 분간이 안 된다. 지금쯤 꽃도 나뭇잎도 아무도 없는 하얀 세심처에서 규리랑 뒹굴고 놀지 못하는 것이 고통이셨을까. 세심처에서 규리랑 찍은 사진을 보여 드리니 이내 잠에 드셨다.

아침부터 산소호흡기 사용. 포도당과 나트륨을 제외한 영양분의 섭취 중단.

12월 18일 일, 아버지의 마음 - 아들

오직 일어나고 싶은 마음뿐이신 것 같다. 그런데 이제는 지탱을 해 드려도 앉을 힘이 안 남으셨다. 수면제와 진통제에 완전히 점령된 눈 또한 못 뜨신다. 단지 고통을 줄이는 것밖에 해 드릴 게 없을까 생각하니 착잡한 마음뿐이다. 아버지라면 지금 이 순간도 고통을 안고서라도 변산반도를 향해 어머니의 새 차로 드라이브 가고 싶으실 것 같다. 손녀 규리는 돌아오는 목요일에 할아버지를 만나러 온다. 과연 이 상황에서 무엇이 최선인가. 아버지가 원하는 것은 무엇인가. 지금이라도 퇴원을 해야 하는 것인가. 조금이라도 더 이 생에 붙들어 놓아야 하는 것인가. 고통은 어느 정도로 줄여 드려야 하는 것인가.

어머니에게 아침에 전화를 해 볼까 고민하던 중 간호사님이 들어와 아침 혈압을 잰다.

아침 5시 45분, 혈압 77/65. 이제 준비할 시간이 되었다. 아버지는 임종실로 향했다.

7시, 72/56. 일요일이라 코로나 검사가 제한적이다. 수항이가 검사할 수 있는 곳을 빨리 찾아내서 엄마랑 같이 올 수 있기를.

9시, 66/51. 어머니와 수항이 그리고 매제 우경이가 도착해서 아버지를 만났다. 다들 애써 서로를 챙기려 한다. 아버지의 호흡이 잠수부처럼 깊다.

13시, 105/60. 아버지가 이곳 점심시간 즈음에 늘 그랬듯이 힘을 내시려 한다. 고개를 끄덕이시며 의사표현도 여러 번 하신다. 다시 앉으시고 눈도 뜨시면 좋겠는데 우리의 너무 많은 바람일까?

14시, 68/52. 간호사가 아버지가 아파 보이셨기 때문에 졸피뎀 용량을 늘렸다. 그래도 괴로워하셔서 진통제 또한 놓았는데. 아버지는 어떻게 하길 원하셨을까. 이곳 임종실에 들어오면 더 이상 무엇인가 선택해야 하는 괴로움이 없을 줄 알았는데, 아버지의 의지를 정확히 알 수 없는 괴로움이 없을 줄 알았는데, 여전히 나를 괴롭힌다. 아버지는 지금 얼마나 답답하실까.

16시, 71/50. 아버지가 오늘 그 어느 때보다 고통을 줄여 달라는 분명한 의사를 표현하셨다. 가족 모두 그 의사를 따라 모르핀 10mg을 놓아 드렸다. 이제 조금 편하게 준비하시길.

19시, 74/50. 아버지에게 12월 일기들을 읽어 드렸다. 혈압은 낮지만 많이 뒤척이시고 호흡이 거치시다.

21시, 82/63. 며느리와 손녀 규리 목소리를 들으시더니 행복하셨나 보다. 나머지 힘을 다해 목소리로는 아니지만 고개와 몸짓으로 대답하신다. 그리고는 고래가 물을 뿜는 듯한 긴 호흡으로 깊은 수면에 들어가셨다.

22시, 76/51. 맥박도 90 언저리고 가래도 거의 안 끓고 편히 주무시는 것 같아 나도 눈을 붙인다. 내일 봐요, 아버지!

23시 30분, 아버지는 억제하려고 늘 노력하셨지만 장난기가 가득한 분이었다. 이 와중에서도 우리에게 장난을 쳐 주시고 싶었는지 오늘 한 번도 안 하시던 소리를 내서서 깜짝 깨서 옆으로 가니 어머니 손을 꼭 잡고 눈도 뜨셨다. 그런데 현실은 고통만이 남은 표정과 탄식이다. 이 와중에도 아버지는 우리에게 깜짝 쇼를 보여 주시려는 것인가.

12월 18일 일, 독일에서 - 며느리

남편에게서 페이스톡이 왔으나 받지 못했는데 아버님이 잠시나마 의식이 있으셔서 전화했을 거라는 희망에 빨리 다시 걸었다. 남편과 통화에 아버님이 1인실로 옮기셨다 했는데. 난 그저 정말 1인실로 옮기신 건

줄 알고 물었다.

'원래 1인실에 계시지 않았어?'

'아… 아니야…. 오늘 옮기셨어….'

그리고 남편이 아버님과 인사하라고 아버님을 보여 줬다. 그때서야 알았다. 아버님이랑 마지막 통화라는 걸….

규리가 어떻게 알았는지 때마침 옹알이를 했다. 나는 애써 눈물 흘리지 않으려고 아버님을 힘차게 불렀다. 내 목소리가 들리시는지 퉁퉁 부운 아버님 눈과 눈썹이 움직인다.

참던 눈물이 터졌다. 아버님은 너무 마르셨고 황달 때문에 아버님 온몸이 노랗다.

너무 안타깝고 마음이 아프고 슬프고 정말 만감이 교차했다. 그렇게 금세 전화를 끊고 나니 못 한 말이 너무 많아 다시 전화해 아버님께 사랑한다고, 보고 싶다고, 예뻐해 주셔서 너무 감사했다고, 규리와 만나 시간을 보내실 수 있어서 너무 다행이었다고 그냥 울부짖었다.

지금도 눈물이 난다. 우리 아버님과 농담을 주고받을 수도 없고 눈 마주치고 그냥 웃을 수도 없다.

하지만 아버님의 그 웃음, 농담 모든 것을 내 마음속에 잘 간직할 거다.

아버님, 규리의 할아버지, 저의 아버님이셔서 감사해요.

사랑해요.

12월 19일 월, 기다림 - 아들

1시, 모르핀 10mg 투여 이후 아버지는 아주 편하고 깊은 잠에 빠지셨다. 아침에 의사 선생님 회진이 있었다. 오늘내일로 예상된다 하신다.

16시, 동맥혈산소포화도가 75까지 내려갔다. 산소마스크는 쓰지 말자고 내가 건의해 그렇게 정했다. 이제 가실 시간이 가까워진 것 같다. 아버지께 지금까지 잘 참으셨다고 빛을 따라 아주 높은 산을 오르시라고 말씀드렸다.

18시, 가래 끓는 소리가 심해져 입안을 보았더니 면봉으로 걸어 낼 수 있을 것 같았다. 간호사님들이 말한 대로 석션은 오히려 아버지께 안 좋은 영향을 끼칠 것 같아 입안에 고인 정도만 면봉으로 없애고 혹시나 하는 마음에 침대를 등받이처럼 올려 드렸다. 손발은 안 움직이지만 머리와 얼굴에 미동이 있다. 눈물을 흘리신다!

내가 한국에서 아버지를 본 이래로 처음으로 분당 호흡이 15 정도로 일정해지고 조금 지나니 산소포화도도 일정해지고 맥박은 110 정도를 유지하고 얼굴이 평화롭게 변했다. 아버지는 계속 지금까지 일어나고 싶으셨던 걸까. 무엇인가 기다리고 계신 걸까. 아버지께 며느리가 부른 노래를 들어 드린다.

보리밭 사잇길로 걸어가면
뉘 부르는 소리 있어
발을 멈춘다
옛 생각이 외로워
휘파람 불며
고운 노래 귓전에 들려온다
돌아보면 아무도 보이지 않고
저녁노을 빈 하늘만 눈에 차누나

12월 20일 화, 보리밭 사이로 - 아들

5시, 맥박 108, 산소포화도 96, 혈압 59/41, 평균동맥압 51, 분당 호흡 13. 진통제는 어제 16시 이후에 한 번도 쓰지 않았음에도 아버지가 평화롭고 일정하게 상태를 유지하시는 것은 고통이 없으시다는 것이겠지. 어머니 말씀으로는 세종 충남대학병원에 입원하시고 지금까지 처음 있는 일이라고 하신다. 그래서 그런지 어머니 나 둘 다 잠도 자고 피곤이 많이 줄어들었다. 수면제까지 끊으면 아버지도 고통 없이 일어나실 것만 같다. 손과 발은 다시 따뜻해져 움직이실 것만 같은데 어제 놓아 드린 이 책의 초본 위에 놓인 손이 그 자리 그대로 얹혀 있다.

8시, 혈압 47/28, 평균동맥압 33. 아버지의 상태를 알려 주는 모니터에는 제일 위에 맥박을 나타내는 초록선이 보이고 그 아래에는 산소포화도인 파란 선, 그 아래는 분당 호흡인 하얀 선이 보인다. 흡사 초록선은 산과 나무 들판 같고 그 아래는 파도 물결 또 그 아래는 바다 아래 암초처럼 보인다. 혈압이 더 떨어져서 그런지 산소포화도가 99임에도 물결이 잔잔해져 간다.

16시, 아버지 분당 호흡이 13이지만 무엇인가 숨이 짧은 것 같아 모니터를 보았더니 산소포화도가 잡히지 않는다. 이는 아버지 발가락이나 손가락에 맥이 안 뛰고 차가워져 간다는 뜻이겠지. 혹시나 불편해서 그런가 약간 뉘어 드리고 이것저것 점검해 보았는데 이상이 없다. 그리고 다시 모니터를 보았는데 조금씩조금씩 아주 조금씩 떨어지고 있는 맥박이 눈에 들어온다.

이제는 아버지의 일기를 마무리 지을 시점이 왔다.

늘 많은 사람들과 사랑을 많이 주고 받길 원한 아버지.

아버지를 사랑하는 많은 이들이 함께하고 있으니
저녁노을을 향해 많이 헤매지 마시고 가시길….

다음 날 1시 45분, 숨이 멎은 후 두 번에 걸쳐 다시 뛰다 2시 5분에 더
이상 돌아오지 않다. 새벽 늘 돌아오고 싶었던 공주로 다시 돌아온 후 이
틀 후 불로써 산화되어 자신의 부모님 곁에 안장되고 조금의 유골은 삶
의 휴식처였던 세심처에 뿌려졌다.

모월 모일, 마지막 일기 호사유피 인사유명 - 아들

호랑이가 수영을 한다는 아버지 이름 '인영'이 예전엔 굉장히 특이하게 느껴졌다. 거의 십 년이라는 기간을 물을 끔찍이도 싫어하는 고양이와 함께 살면서 같은 고양잇과인 호랑이도 물을 싫어하는 줄 알았기 때문에 호랑이가 수영한다는 이름의 깊은 뜻이 있을까 생각해 왔다.

아버지는 그 이름이 참 잘 어울렸다. 젊었을 때 계곡에서 수영하는 아버지 사진, 플로리다 키웨스트 맑은 바다를 보고는 수영복도 없이 차를 버려 놓고 그저 푸른 바다로 뛰어가던 아버지.

나도 그렇게 아버지 이름을 이해하고 있었나 보다. 그리고 그 이름이 자랑스러웠나 보다. 계곡 폭포 아래 소용돌이 아래 빠지던 나, 푸른 물, 외딴 돌, 검은 미역 줄기를 보러 무작정 깊은 동해바다로 뛰어든 나.

우리는 둘이서 더 가지 말라는 해수욕장 경계선을 넘어가는 것을 자주 마다하지 않았다. 물론 둘 다 겁도 많아 곧 돌아오긴 했지만. 그렇다. 사실 호랑이는 물을 한편으론 겁내도 수영을 좋아한다. 굳이 멈추지 않는다. 아버지는 그렇게 자신의 병 또한 이해하고 헤쳐 나오고 계셨다. 바로 아버지가 세상을 살아오신 방식, 죽음을 맞이하는 방식, 모두 아버지 이름 그대로.

난 그 원래 지어졌을 때 깊은 뜻은 몰라도 아버지와 딱 맞는 그 이름이 좋다.

딸 규리와 장난감을 갖고 목욕을 하면서 대략 25년 전 대전 아파트에 살면서 장난감을 갖고 목욕을 자주 했던 시절이 생각났다. 아버지도 자주 같이 뜨거운 욕조에 들어갔는데 그때마다 썼던 아마도 참나무로 만든 판자를 아버지가 기억하실지 모르겠다. 버리기 전에는 좋은 나무로 만들었지만 이미 오래 써서 때도 끼고 곰팡이도 조금 있었던 것 같다. 하지만 그 판자가 없어졌을 때, 어린 마음에 아쉬움이 매우 컸다. 지금 그 아쉬움이 다시 느껴지는 것은 아버지가 그때 그 판자처럼 내 곁에서 없어졌기 때문일까.

언젠가 아버지를 다시 만날 때 아버지 그 판자를 들고 웃어 주셨으면 좋겠다.

모월 모일, 마지막 일기

내가 언제 갈지는 모르지만 이제 글을 마무리하려고 한다. 더 이상 내 자력으로 글을 쓰기 힘들기 때문이다. 그동안 투병 일지를 적으며 고통과 갈등에 대해 있는 그대로 표출하여 혹여나 다른 사람에게 도움이 될까 생각했지만 이제 생각해 보면 전혀 도움이 되지 않는 일이다. 병도 가지가지, 사람도 가지가지, 다 제 나름대로 생각하고 겪고 그리고 누구도 대신해 줄 수 없기 때문이다. 결국 이 글은 내 신세타령에 불과하다. 단, 암으로 죽어 가는 한 환자의 경험이니 재미를 떠나 삶의 한 전형이려니 생각해 주면 좋겠다.

표지의 그림은 아내가 그린 '동행'을 가져온 것이다. '같이 걷는 길'이라는 책 제목에 잘 맞고 내가 가지고 있는 신념으로 '존재는 관계를 토대로 성립되고, 관계의 발전적 실천은 소통'이라는 생각을 잘 대변해 주는 작품이라고 생각해서 선정했다.

서양에서는 기원 5세기 전부터 밀레투스 학파를 중심으로 만물의 근원을 찾고자 애를 써 왔으며 소크라테스와 플라톤을 거쳐 근대에 이르기까지 인간이란 무엇인가를 알기 위한 부단한 노력을 해 왔는데 한마디로 '존재론'으로 귀결된다. 1차세계대전을 거치며 이러한 생각에 회의감이 일어나고 '실존은 본질에 앞선다'라는 말로 압축되는 실존주의가 등장한다. 그 후 격변하는 세계에서의 인간의 위상은 단독적인 존재라기보다는 서로 얽혀 있는 구조주의의 맥락으로 파악해 왔고 현대에도 이를 발전시키기 위한 방법으로 '소통'을 강조하는 철학이 대두되었다. 다시 말해 과거 서양철학의 주류는 단독적인 존재로서 인간을 탐구했으나 현재에서는 상호관계에 의한 존재로서 인간을 파악하려는 방향을 발전해 왔다고 볼 수 있다.

한편, 동양에서는 오래전부터 인간의 존재 의미를 관계에서 찾고 있었다. '인간(人間)'이란 말 자체가 사람들 간의 관계를 상정하고 있지 않은가? 중요시하는 덕목인 '인(仁)'은 사람들 간의 위계질서를 바탕으로 선정을 꾀하는 데 목적을 두고 있으며 맹자의 최대 덕목인 의(義)도 사람들 간의 공정한 관계를 확립하는 데 목적을 두고 있다. 관계의 중요성을 대변하는 또 하나의 철학은 불교의 연기론(緣起論)으로 '이것이 있으므로 저것이 있고 이것이 생기므로 저것이 생긴다.'라는 상호 공존에 대한 의미를 근간으로 한다. 이처럼 동양에서는 인간의 존재에 대하여 개별적 가치보다는 관계로서 파악하고 발전시키려 애써 왔다.

동양과 서양이 관계의 중요성에 대하여 수렴하고 있는 시점에서 인간의 존재와 가치를 위하여 관계의 발전을 꾀하는 것이 절대적인 시대적 요구이다. 인간이 맹수들의 위협과 거친 환경 속에서도 현재까지 잘 번성해 왔다는 것은, 인간은 공동의 이익을 위하여 서로 협력할 수 있으며 소통을 아끼지 않았다는 사실에서 그 이유를 찾을 수 있다. 그러나 자금의 사태는 국가 간의 힘겨루기와 정파 간 지역 간에 갈등이 불거져 한시도 전쟁과 싸움으로부터 자유로운 적이 없었으며, 심지어는 가족 간에도 파열음이 나는 경우가 빈번하다. 이유가 뭘까? '너' 또는 '우리'라는 생각보다는 '나' 중심의 생각이 앞서기 때문이다. 인간의 미래는 공동운명체라는 생각을 공유한다면 나와 다른 사람의 의견도 경청하고 양보하고 기다리고 내 것을 나누어 줄 수 있는 아량이 필요하다. 교육에서도 이런 점을 더욱 강조하고 사회·문화적으로도 더욱 성숙해질 필요가 있다. 전 세계의 공통관심사인 기후변화와 에너지 고갈에 대해서도 자국의 이익만을 내세울 것이 아니라 공동으로 대처할 수 있는 지혜를 모아야 하며 국가 간의 분쟁도 종식해야 한다. 기독교와 카톨릭, 이슬람교와 불교의 가르침인 세계평화와 자비 또는 사랑의 실천은 만고 불변의 진리이다. 인류의 종말을 피하고 영속적인 평화를 위해서는 불안한 세계정세 속에서 자신만 살아남기 위한 치졸한 수단을 강구하기보다 서로 나눌 수 있는 마음을 북돋아야 할 것이다.

강현아(교수)

참 아름다운 인생을 사시는군요! 부럽네요.

고정헌(연구원)

살아오신 내용이 충분히 이해되는 감동적인 내용이었지요! 더 잘해 드리지 못한 미안함이 크더랍니다.

김성태(친구)

인생의 벗 인영이에게,

내가 아는 인영이는 인생에 대한 진지함과 열성을 가지고 열심으로 삶을 살아온 친구. 극도의 심신의 고통 속에서도 처절한 노고를 마다하지 않은 인영이와 그 길을 언제나 함께하는 인영이의 반려자, 평생의 동행자인 용옥 씨에게 경의와 존경의 마음을 보내지 않을 수가 없구나!

인영이가 고통 속에서 빚어낸 『같이 걷는 길』은 나에게 두고두고 마음의 선물이 될 것이야. 그 속에 인영이의 삶과 인영이의 생각과 말이 담겨 있으니 나의 친구 인영이를 그대로 느낄 수가 있겠다. 또한 인영이의 투병기는 언젠가 병들고 아플 나에게 어떻게 그 병을 바라보고, 어떻게 그 병을 대해야 하는지 길라잡이가 되고, 또 한편으로는 그때 인영이가 그랬었지 하고 떠올리면서 마음의 안정과 위안을 느끼게 해 주는 그 무엇이 되리라는 생각이 들기도 하였다. 문화, 예술, 종교와 철학 등 다방면에 걸친 인영이의 관심과 지식, 구도자적 노력, 그를 통해 인생의 본질에 접근하고자 하는 인영이의 노력과 집념은 정말이지 대단하구나.

우리의 친구 인영이는 아마도 나를 포함해서 다른 사람들의 몇 배나 되는 노력으로 삶을 살아왔다고 말해도 될 정도로 열심으로 성심으로 치열하게 살아왔다고 생각한다. 그래서 인영이가 우리보다 먼저 이 지구 행성에서의 삶을 마치고 다른 행성에서의 삶을 찾아 떠날 채비를 하는 건가 하는 생각도 가져 보게 된다.

내가 우리의 친구 인영이가 걷는 길의 동행 중 하나에 속한다는 것이 기쁘고 고맙구나. 내 일생에 인영이가 친구가 되어 주어 참으로 고맙구나. 지금껏 그래 왔고, 앞으로도 인생에 최선을 다하고 가치 있는 삶을 추구하는 인영이와 용옥 씨를 사랑하고 항상 응원한다.

김진욱(엘씨에스바이오텍 대표)

안녕하세요? 날씨는 추워지는데 정신은 또렷해지는 아침입니다. 어제 『같이 걷는 길』을 다 보았습니다. 감회가 새롭습니다. 그동안 형님과 만나면서 간간히 말씀해 주셨던 단편들이 잘 정리되어 있어 늦게나마 형님을 좀 더 알게 되어 좋습니다. 좀더 많은 이야기들을 나누었으면 좋았을 텐데, 일 얘기만 하다 정작 마음에 두고 사는 관심사에 대한 얘기들은 소홀했네요. 저도 불교에 대한 이해는 없지만 역사와 문화에 대해서는 관심이 많습니다. 특히 동학을 포함한 우리나라 근·현대사와 마르크스의 사회발전론과 레닌의 혁명론에 빠져 지낸 적이 있지요. 여러가지를 뒤돌아보게 하고 생각하게 해 주는 책, 형님이 주신 소중한 선물로 간직하겠습니다. 전 요즘 정읍에 자주 갑니다. 아는 친구가 정읍에 조그만 집을 사서 가꾸는데 저도 가끔 쉴 겸 주말을 보내고 오곤 합니다. 그 친구도 저와 똑같은 병으로 같은 의사한테 수술 받고 정읍에 집을 샀습니다. 참 흔치 않은 인연이죠. 날씨가 추워지는데 건강관리 잘하셔요. 빨리 건강해지셔서….

김정연(며느리)

2022년 가을, 아버님의 책이 출판되었다. 책을 출판하는 일은 굉장히 특별하고 어려운 일이라고만 생각했던 나의 고정관념을 깨는 책이기도 하다. 『같이 걷는 길』 1권은 아버님의 일기로 구성되어 있다. 출판 전 이미 대략적인 내용들을 알고 있었지만 한 권의 책으로 접하니 또 새로웠다.

아버님의 투병 일기!

그 어느 누가 투병 일기를 쓰고 싶고 읽고 싶을까…. 그저 우리는 살아가며 건강하기만을 기원하고 좋은 얘기, 아름다운 얘기만 읽고 쓰고 싶어할 것이다. 아버님의 일기를 통해 눈물, 콧물을 흘리고 또 행복과 웃음을 피웠다. 모든 이야기에는 의미와 감동이 있다. 그 안에서 우리가 잊고 있던 이야기를 찾을 수 있고 기억할 수 있다. 눈물과 웃음이 동반해 모든 시간과 순간들이 소중해진다. 『같이 걷는 길』 1권으로 아버님과 같이 걷는 이들이 정말 많다는 것을 알 수 있었다. 0순위 어머니부터 1순위 가족, 그다음 친구, 지인! 나는 개인적으로 친구가 아주 많지는 않다. 정말 가까운 친구 몇 명뿐이다. 아버님은 챙기고 챙김을 받는 분들이 참 많더라. 아버님의 만 62년을 잘 사셨고 잘 걸어오셨다는 결과물인 것 같다. 아버님의 '같이 걷는 길'에 나 또한 같이 걷는 일원이 된 것에 감사하고 아주 기쁘다. 그리고 앞으로 아버님 인생길에 지금까지 함께해 온 이 모든 분들이 다시 또 함께하길 기원한다.

주위의 모든 사랑하는 분들과 또 사랑스런 규리를 위해 이 책을 출판하신 아버님께 사랑과 존경을 표한다.

나현숙(화가)

따뜻한 햇살이 비추는 베란다에서 책을 읽고 있네.

'같이 걷는 일.'

한 줄 한 줄 마음에 새겨지네.

아는 분이라서 더욱 그렇겠고

고통 중에 써 내려 가신 글이라서도 큰 울림을 주고

곁에 서 있는 친구의 모습도 그리면서 감동을 느끼고 지혜를 배우면서….

류제하(친구)

친구 인영이의 책을 읽고.

2021년 작년 5월 말쯤 성언이 어머님의 부고를 듣고 같이 문상을 가려고 전화를 했는데 네가 떨리는 목소리로 담낭암 4기라고 가기 어려울 것 같다는 말에 놀라움과 안타까움에 무슨 말을 할 수 있었을까?

인터넷에서 생존 기간이 6~8개월 정도라는 정보를 접하고는 아! 내 불알친구를 조만간 잃고 이 다정한 친구를 더 이상 못 보고 이야기도 못 할 것이라는 기분에 한동안 우울함에 어찌할 바를 몰랐다.

그 어렵고 고통스러운 암 투병을 시작한 지 어언 1년 6개월 이상이 지나고 있는 2022년 10월 현재, 네가 인생에서 꼭 남기고 싶었다는 책이 투병기와 네 평소의 단상을 정리한 소고라니! 네가 증정본을 준다고 하였지만 네 생각과 느낌을 빨리 접하고자 인터넷에서 재빨리 주문하여 읽기 시작하여 이제 거의 다 읽고 있다.

난 네가 60여 년의 짧지 않은 인생을 참으로 꼼꼼하고 담담하게, 그리고 무엇보다도 인간의 '같이 걷는 길'에 침잠하며 왔다는 사실에 내 오랜 친구로서 존경스럽고 감사하고 다정스럽게 느끼는 나를 발견한다. 사실 네가 국민학교 때 별명으로 "무식이"라고 불렸던 그 인상과는 전혀 다르게 네가 그동안 이룬 인생살이 업적을 보면 네가 착하고 반듯하고 사람들에 대한 애정이 넘치고 흘러나오고 있음을 새삼 깨닫는다.

무엇보다도 말기 암의 공포에 대해 네가 그렇게 담담하고 용기 있게 대하는 마음가짐에 경의를 표한다. 우리 어머니가 70대 중반 요로암 판정을 받고 그렇게 강하시게 인생을 살아오셨다고 생각한 분이 충격으로 잠시 말씀을 못 하시고 그 후 투병생활에서 보여 주셨던 인간적인 면모들을 생각해 보면 네가 암을 대하는 태도는 매우 인생을 달관한 사람의 태도로 느껴져서 너를 다시 보는 계기가 되었다. 그리고 투병을 시작한 이래 차근차근 일상을 기록하고 반추하며 네가 할 수 있는 네 몸에 대한 모든 투쟁을 기록하는 것을 읽으며 참으로 네가 고맙고 감사하며 너를 아는 모든 사람들의 너의 빠른 회복을 위한 기도가 너의 노력에 더해짐을 느낀다.

이 인간의 기적은 이렇게 이루어져 가고 있는 거구나, 하는 생각과 믿음이 생긴다. 벌써 8개월이 아니라 1년 6개월을 버티고 있으니 5년 이상을 어찌 바랄 수 없으랴! 하나님, 우리 인영이가 죽음의 어둡고 추운 계곡에서 하루빨리 벗어나 밝고 따뜻한 햇볕을 마주하게 하소서. 간절히 간절히 바라나니 이 다정한 인간이 앞으로도 오랫동안 '같이 걷는 길'에 있도록 허락해 주셔서 사랑하는 가족과 친구들이 다정하게 동참할 수 있게 하기를 진심으로 바랍니다.

그래서 다시 소주잔을 기울이며 같이 더불어서 인생을 '탈고'하는 친구가 되기를 바란다.

박용주(시인, 교장)

출간을 진심으로 축하드립니다. 뭉클하고도 신선한 저서입니다. 많은 분들에게 따뜻한 감동을 줄 것입니다.

밤새 읽었습니다. 아버지로서, 남편으로서, 기업의 대표로서 굵고 따뜻한 삶을 살아오신 모습이 나무 존경스러워요. 힘을 잃지 마시고 반드시 건강 완전 회복하시기를 기도합니다.

서재석(친구)

인영이의 책을 단숨에 읽으며 내가 그동안 몰랐던 인영이의 독서량과 박학다식 그리고 사고의 심오함을 새삼 느끼게 된다.

이재연(조카)

안녕하세요, 큰아버지. 저 재연이에요!

오랜만에 연락 드려요. 요즘 날씨가 부쩍 추워졌어요. 큰아버지께서 쓰신 책은 잘 읽었습니다. 특별한 것 없이도 사랑하는 사람과 마주 앉아 맛있는 음식을 먹고, 예쁜 풍경을 보며 서로에게 마음을 표현하는 것만큼 더 큰 행복은 없다는 것을 깨닫게 됐어요.

저도 큰아버지처럼 하루를 더 기쁘고 보람 있게 살아야겠다는 다짐도 하게 됩니다.

늘 좋은 가르침을 주서서 감사해요.

어렸을 때부터 자주 뵙지는 못했지만 늘 뵐 때마다 좋은 말씀도 많이 해 주시고 저를 더 바르게 자랄 수 있도록 알려 주서서 정말 감사드립니다. 그래서 이 책이 저에겐 영원히 잊지 못할 조언이자 원동력이 된 것만 같네요. 저는 공부도 열심히 하며 원하는 목표도 차근차근 이루고 건강히 잘 지내겠습니다. 정말 감사합니다, 큰아버지!

임대영(교수)

이 박사님, 안녕하세요?

『같이 걷는 길』 책을 두 번 읽어 봤어요.

『같이 걷는 길』 제목에 인간은 상호의존에 의해서만 가치가 있고 존재할 수 있다는 것에 큰 공감했습니다. 예수님도 십자가에서 돌아가시고 부활하셔서 하신 말씀이 다시는 자기 자신만을 위해 살지 말라는 것이었습니다. 자기 자신만을 위하는 자기중심성이 죄이고 그 죄가 인간을 사망에 이르게 했다는 것이지요.

투병하시는 시간조차 좋은 시간으로 만들려는 이 박사님의 지혜와 용기에 존경심이 생겼습니다. 그 두려운 암을 낭비하지 않으시고 치료과정을 기록하여 다른 이들에게 살길과 할 일을 공유하셨습니다. 투병 일기에서는 투병을 누구에게도 불평하지 않으시고 일상으로 받아들이고 주변을 정리하고 치료도 좋아하시는 분들과 여행도 가시고 세심처를 즐기시는 모습에서 이미 병을 이기셨습니다.

국가와 사회의 크고 높은 곳에서부터 문화와 예술과 삶에 이르기까지 성인들의 지혜를 통해 다시 그들의 가치를 정립하시는 것을 보고 문과 공부를 하셨으면 더 어울리셨겠다는 생각을 했습니다. 가훈이 배움과 나눔은 한동대학교 교훈인 "배워서 남 주자"와 일맥상통합니다. 숭산 스님의 "단지 모를 뿐 단지 할 뿐"이라는 말씀에 이 세상에서 한계가 있는 인간이 할 최선이 무엇인지 생각하게 했습니다. 제가 믿는 하나님은 병을 치유하시는 데 전문가이시니 오늘도 하나님께서 이 박사님을 치료해 주시고 회복시켜 주시길 기도했습니다. 저도 모를 뿐 기도할 뿐입니다. 하나님의 모든 이의 하나님이시니 모든 이에게 은혜를 주실 것을 믿습니다. 책을 보면서 묻고 싶은 것이 너무 많습니다. 더 오래 더 자주 만나야 궁금증이 해결될 것 같습니다. 어서 쾌차하셔서 우리가 맺은 좋은 인연을 앞으로도 오래 같이하면서 키워 가고 싶습니다. 이 박사님~ 사랑합니다~ 존경합니다~

정준기(연구원)

이 박사님, 『같이 걷는 길』 오늘 아침에 단번에 읽었네요. 중간에 멈출 수가 없을 정도로 너무 마음이 따뜻하고 너무 멋진 삶을 살고 있는, 내가 아는 한 가장 멋진 친구를 보고 있다는 기쁨이었습니다. 정말 풍요로운 삶을 이어 가고 있네요. 부럽습니다. 가슴 한편에는 기도하면서 좀더 오래 같이 지내고 싶은 마음이 더 커집니다. 이 박사님, 정 박사님 같은 딱딱한 호칭보다는 친구처럼, 형, 동생처럼 그냥 그런 동네 형, 동생처럼 말입니다. 오늘도 『같이 걷는 길』을 읽으며 마음이 뜨거워집니다. 좀더 오래 같이 살기를 기도합니다.

천영주(친구 故 김상우 부인)

인영 씨! 안녕하세요? 보내 주신 회고록은 잘 읽어 보았어요. 너무나 공감되는 내용이 많아 책을 손에서 놓을 수가 없었어요. 학생 때 알던 인영 씨의 모습 그대로가 이 책에 묻어 있네요. 젊을 때부터 항상 무언가를 찾고 목말라 하던 모습이 다양한 지식을 통해 나타남을 볼 수 있었어요. 인영 씨의 투병 일기를 읽으면서 그동안 잊고 있었던, 아니, 잊으려고 애를 썼는지도 모를 제 남편의 투병 생활이 오버랩되어, 오랜만에 저의 깊숙한 곳에 꽁꽁 숨겨 두었던 기억들이 스멀스멀 올라오고 있네요.

벌써 18년째네요. 길다면 긴 세월일 텐데~ 10년 동안 남편의 기일에 항상 잊지 않고 찾아 주신 솔 친구분들에게 항상 감사한 마음을 갖고 살고 있어요. 결코 쉽지 않은 일인데 친구들의 우정이 정말 대단하다는 것을 느끼며 제 남편이 '그동안 잘 살았구나' 하는 안도감마저 들었습니다. 인영 씨의 투병 소식을 처음 들었을 때 무척 깜짝 놀랐어요. 뭐라도 위로를 해 드리고 싶었지만 그마저도 어떤 때는 위로가 되지 못한다는 것을 알기에 무척 조심스러웠어요. 죄송해요. 마음만은 그렇지 않은데 솔 친구분들 모임에 나가는 것이 어색해지며 남편 생각에 무척 힘들더군요.

그래서 그동안 찾아뵙지 못함을 죄송하게 생각해요.

인영 씨 투병 일기를 읽으면서 공감되는 부분이 많아 저도 지나간 남편과의 투병 생활을 함께 나누고 싶다는 생각이 들었어요. 혹시나 인영 씨 마음을 더 아프게 해 드리는 것은 아닐까 조심스럽지만 그냥 먼저 어려움을 겪은 경험담이어서 조금이라도 도움이 된다면 감사하겠습니다. 그리고 요사이 인영 씨를 위해 하나님께 간절히 기도 드리고 있습니다. 속한 치유와 회복, 마음의 평안을 달라고 기도하고 있습니다. 부디 힘을 내시기를 바랍니다.

시아버님께서 소천하신 후 1년 반 만에 남편에게서 다발성골수종이라는 암이 발견되었는데 10년이라는 시한부 인생을 선고받았어요. 다발성 골수종이라는 노인성 질환을 35세라는 젊은 나이에 진단 받게 되었는데 이처럼 젊은 나이에 이 병이 걸린 것은 우리나라에서는 처음 있는 일이라고 했어요. 그래서 병원에서 의사 선생님들께서 많은 관심을 가지고 지켜보셨어요. 진단을 받자마자 골반에 생긴 종양을 없애기 위해 방사선 치료를 받았는데 이 치료로 남편은 불임이 되었어요. 바로 준형이가 태어난 지 8개월 후의 일입니다. 저의 친정 부모님은 제가 아들을 못 낳으니까 교회에 다니기 시작하시며 열심히 하나님께 기도를 드렸고 저 또한 이때에 교회에 다니며 열심으로 기도하여 준형이를 얻게 되었어요. 남편은 한 달에 한 번씩 혈액검사로 암의 상태를 진단하여 그 결과에 따라 약과 주사의 양을 조절하였는데 어떤 약과 주사를 써도 1년이면 내성이 생겨서 더 이상의 효과가 없어 약과 주사를 바꾸어야만 했어요. 이 병은 워낙 난치병이라서 시간이 흐를수록 병은 점점 나빠져만 갔어요. 또한 뼈가 암세포로부터 집중적인 공격을 받아 가장 약한 뼈인 갈비

뼈부터 금이 가거나 부러지는 것이 일상이 되었어요. 그래서 그렇게 기다리던 아들을 낳았지만 그 아들을 한 번도 안아 줄 수가 없었어요. 아들을 낳으면 축구도 같이하고 목욕탕도 같이 가야겠다던 꿈도 접어야 했고 척추 뼈도 위아래가 눌려서 키가 5cm나 줄어들었어요. 너무나도 고통스러워 진통제가 없이는 일상생활이 힘들었어요. 남편의 뼈아픈 고통을 저도 똑같이 느끼며 사는 인내의 삶이 일상이 되어 갔어요.

　4, 5년 동안 고통 속에서 지내던 남편은 자신의 혈액으로 자가골수이식 수술을 받게 되었고 그 수술을 받기 위하여 몇 번의 입, 퇴원을 반복하며 강력한 항암치료를 받아야만 했고 그 기간 동안 항암치료가 너무 힘들어 잘못되는 것은 아닌가 하는 두려움에 휩싸이기도 했어요. 한 달이라는 기간을 골수이식방이라는 완전 격리된 방에서 환자와 보호자가 갇혀서 완전히 고립된 생활을 하게 되었어요. 골수이식방에서 나이도 다양한 환자들이 상상도 못 할 괴로움을 겪으면서 다음 날에 갑자기 어젯밤 상태가 심각하던 환자가 보이지 않을 때는 정말 절망감에 숨죽여 울곤 하였어요. 다음 차례는 우리가 아닐까 하는 생각이 들면 정말 너무나 무섭고 불안하였지만 남편이 알아채지 못하게 아무 일도 없었던 것처럼 행동해야 하는 것이 더욱 힘들었어요. 결혼 후 저는 처음부터 고된 시집살이를 하였는데 왜 저라고 남편과 둘이서만 살고 싶지 않았겠습니까? 그래서 때로는 하나님께 잠시라도 남편과 둘이서 살아 보고 싶다고 넋두리 아닌 넋두리를 늘어놓곤 하였어요. 그런데 하나님께서는 비록 제가 원하는 방법은 아니었지만 결혼 후 16년만에 저의 기도를 틀림없이 들어 주셨던 것이었어요. 장소는 한국이 아닌 미국이었지만 남편과 둘이서만 살 수 있는 기회를 주셨던 것이었어요. 사실 시집살이가 힘들

때면 저는 밤에 환한 불을 켜고 가는 비행기를 보며 하나님께 기도를 드리곤 했었어요. 지금 생각해 보면 아마 그 비행기가 미국에 가는 비행기였던 것 같아요. 어쨌든 그래서 무조건 감사하기로 하였어요. 게다가 남편은 워낙 자상한 사람인데 부모님과 같이 사느라고 표현을 많이 절제하고 살았는데 둘만 있으니까 많은 부분을 세심하게 신경을 써 주었어요. 그래서 감동을 받은 적도 꽤 있었어요. 정말 나의 작은 신음에도 응답하시는 하나님이심을 확실히 체험했어요. 그 후 매년 한 번씩 미국에가서 검진과 함께 치료를 받게 되었는데 매년 한 번씩 남편과 둘이서만지낼 수 있는 시간은 그 후 4년 동안 1년에 몇 달씩 허락하셨어요. 정말놀라우신 하나님이세요. 한번은 미국에서 외래치료를 받다가 심장마비의 증상이 있어서 911을 타고 종합병원에 입원을 하기도 하였는데 911을 타고 가면서 아무도 도와줄 사람이 없다는 생각에 두려움이 앞서서기도가 나오지 않았고 처절하게 하나님 아버지만을 부를 수밖에 없었어요. 아이들 얼굴이 어른거렸고 이때만큼 제 자신이 초라하게 느껴진 적이 없었던 것 같아요. 마지막으로 미국에 갔던 2003년도에는 오른팔 윗부분이 부러져서 기다란 철심을 박고 수술을 하기도 하였어요.

점점 치료를 받아야 하는 과가 늘어났고 더욱이 큰딸은 고3이어서 매일 미국으로 전화를 해서 자신의 불안감과 초조감을 감추지 못하였으며저는 더 이상 견딜 수 없어서 하나님께 무릎을 꿇고 정말 간절히 기도를하기 시작했어요. 제발 이제 미국에서의 생활은 그만하고 싶다고, 눈물과 콧물이 범벅이 되어 기도하던 중에 주님께서 저를 찾아오셨어요. 어릴 때부터 제가 저질렀던 저의 못된 죄악의 모습을 정말 낱낱이, 적나라하게 비디오 필름이 돌아가듯이 생생하게 보여 주셨어요. 제가 초등학교 1학년 때 뇌성마비 장애를 가진 짝꿍이 싫어서 책상 밑에서 허벅지를 꼬집던 모습, 중학교 2학년 때 친구와 함께 거짓말로 거스름돈을 안 받았다며 그 고생하던 버스 차장에게 돈을 요구해 받았던 일 등을 마치 현재의 일처럼 자세하게 보여 주셨어요. 그리고 그 뇌성마비 장애를 가진 짝꿍의 이름을 자세하게 보여 주셨어요. 정말 까마득히 잊고 있었던, 아니 잊고 싶었던 기억의 저편이 마치 지금의 일처럼 다가와 저는 몸부림을 치면서 울며 회개했어요. 한참을 울고 나자 제 마음이 평안해졌고 주님께서 용서해 주셨다는 확신이 들기 시작했어요. 그리고 얼마가 지난 후 저는 그 짝꿍의 이름을 아무리 기억하려고 해도 기억이 나지 않았어요. 지금도 저는 그 짝꿍의 이름이 문득 궁금해질 때가 있어요. 그래서 '그때 그 이름을 적어 놓기라도 할걸' 하고 생각하기도 한답니다. 그 후 미국에서도 더 이상의 치료방법이 없어서 남편과 저는 이후의 치료는 한국에서 받기로 하고 귀국했어요. 사실 그때 미국 의사 선생님께서 1년의 시한부 인생을 선고하셨어요. 그 사실을 듣고 한국으로 돌아오는 발걸음은 무겁기만 했어요. 그 후 한국에서 항암치료를 계속 받으면서 면역기능이 현저히 떨어져 감염내과, 알레르기내과, 구강내과, 이비인후과, 안과, 정형외과, 방사선과, 재활의학과 등을 두루 함께 다녔어요. 방사선 치료도 온몸의 곳곳에 중복되는 곳을 피해 가며 여러 부위를 치료받게 되었어요. 목뼈도 변형이 되어 자세를 바로잡아 주는 보호구를 착용해야 되었는데 그것 또한 견딜 수 없는 통증을 유발시켜서 너무나 아프고 견딜 수 없을 때에는 남편은 하나님을 원망도 했지만 모든 자존심을 내려놓고 의사가 아닌 저에게 살려 달라고 애원했어요. 남편은 그때 제가 아니라 제 뒤에 계신 하나님께 제가 간절히 기도 드려 주기를 원했던 것 같아요. 마지막에 머리뼈에 암세포가 전이되자 머리에 방사선 치료를 받으며 머리뼈가 일부 함몰되기까지 했어요. 남편은 하나님께 살고 싶다고, 살려 달라고 기도를 했는데 하나님께서 살려 주신다고 하셨다고 제게 기뻐하며 말했어요.

하나님께서는 남편에게 다시는 눈물도, 고통도, 슬픔도, 질병도, 사망도 없는 완전한 기쁨의 장소인 천국을 허락하셨어요. 저의 이웃에 살고 있는 교회 집사님과 권사님들이 매일 아침 9시에 저의 집으로 오셔서 40일간을 남편을 위한 기도회를 했으며 목사님들도 수차례 저의 남편을 방문해 주셔서 사랑으로 돌보아 주셨어요. 이렇게 많은 분들의 기도와 헌신으로 남편은 시한부 10년보다 2년을 더 살고 천국으로 가게 되었어요.

남편이 위독하다는 사실을 알고 술 친구분들이 병원으로 달려왔으나 남편의 머리뼈가 일부 함몰된 흉한 모습을 친구분들에게 보여 주고 싶지 않았어요. 만약 저라면 그런 저의 흉한 모습을 친구들에게 보여 주고 싶지 않았을 거라는 생각에 친구분들이 병원에 와 있어도 남편의 자존심을 생각하며 마지막 모습을 보여 드리지 못한 것을 지금까지도 죄송하게 생각하고 있어요. 이후 입관식에서 남편의 모습을 본 친구분들이 많이 놀랐던 것 같아요. 그때 아마 저를 이해하셨으리라 생각했어요.

남편을 떠나보낸 후, 저는 한동안 상실감에 무척 힘이 들었어요. 항상 남편 옆에서 그림자처럼 붙어 다니던 저는 혼자 다니는 것에 익숙하지 않아서 밖에 나가면 무엇을 잊어버리기라도 한 것처럼 혼자라는 사실에 몹시 불안하고 초조했어요. 또한 아이들의 장래문제가 많이 걱정이 되었어요. 걱정이 될 때마다 저는 눈물을 흘리며 기도하는 것 외에는 아무것도 할 수가 없었어요. 평소에 아이들이 아빠와의 관계가 너무 좋았기 때문에 아빠가 없는 빈자리를 생각하니 큰 걱정이 되었어요. 그러나 주님께서 아이들의 마음을 만져 주셔서 아빠가 많이 아팠기 때문에 아픔이 없는 천국에 들어간 것이 감사하다는 고백을 하며 오히려 엄마를 위로해 주었어요. 이렇게 저를 위로해 주시고 곤한 내 심경을 노크하며 따뜻한 음성으로 위로하며 참평안으로 안식을 주셨던 주님! 나의 등 뒤에서 도우셨던 주님! 때로는 지치고 넘어졌을 때 말없이 손을 잡아 주시고 일으켜 주셨던 따뜻한 주님께서 오늘도 저를 지켜 주시고 계셔서 마음이 참으로 든든하고 평안해요.

아이들도 지금 열심히 하나님을 믿으며 하나님 안에서 기쁨과 감사와 평안을 누리며 잘 살고 있어요. 어느덧 손주 넷의 할머니가 된 지금, 저는 지금도 천국에서 우리 가족을 위해 기도하고 있는 남편 덕분에, 삶의 고난이 찾아올지라도 두렵지 않아요. 저와 아이들은 그런 남편과 아버지 때문에, 또한 하나님 때문에 기뻐하면서 살고 있어요. 인영 씨의 아들과 며느리가 결혼식을 통해 세례명을 받은 것도 매우 뜻깊은 일인 것 같습니다. 우리는 다 알 수 없지만 이 또한 하나님의 뜻일지도 모른다는 생각이 드네요. 우리는 모두 언젠가는 이 땅에서의 여행을 마치고 떠나겠지요. 인영 씨도 제 남편처럼 천국에 가서 이 땅에 남아 있는 가족들을 위하여 기도하면서 영생을 누린다면 남아 있는 가족들도 그러한 남편, 아버지, 하나님 때문에 기뻐하면서 살 수 있을 것 같다는 생각을 해 봅니다.

오랜 시간을 읽으시느라고 피곤하셨지요? 죄송해요. 언제든지 저에게 연락하시고 싶으시면 연락하셔도 되고 오라고 하시면 반갑게 가서 뵙겠어요~ 옆에서 애쓰시며 간호하시는 용옥 씨에게도 안부 전해 주시고 그림이 너무 훌륭하다고 전해 주세요. 감사해요~

서울에서 지선 모(母) 올림.

최광숙(아내 친구)

훌륭하신 규리 할아버지의 문학, 예술 모든 분야를 아우르는 깊은 감성에 늘 존경해 왔었다고 전해 주세요~

현연숙(친구 김일수 부인)

선생님 책 잘 받았어요~ 책 보면서 여러 감정이 소용돌이쳐 너무 힘들었어요…. 첫 번째는 누구도 모를 저의 상황을 위로 받는 느낌! 감사합니다.

또 하나는 선생님과 가족들이 검사결과에 매 순간 가슴을 쓸어내리던 상황을 생각하니 제 모습이 보이는 것 같아 먹먹했습니다. 그리고 첫 페이지에 선생님께서 저희 가족에게 주신 글을 남편과 혜성이한테 읽어주면서 저 펑펑 울었어요…. 선생님 말씀처럼 우리 열심히 노력해서 오래오래 같이해요.

현병환(교수)

참 깊은 마음으로 사려 깊게 살고 있는 모습을 느껴요. 많이 배우고 감탄했어요. 이 박사님 덕분에 행복했어요.

허성우(성직자)

인영 씨, 책 오늘 잘 받았어요. 투병하면서 이렇게 일상과 생각을 잘 정리하고 글로 표현하다니 그 생명의 힘이 대단하게 느껴집니다. 자랑스러운 책이고 용옥 씨와 같이 걷는 길을 보여 주어서 고맙습니다.

박성훈(네이처런스 직원)

이인영 사장님을 떠나보내며.

작년 봄, 개인적인 휴가를 마치고 출근하니 이인영 사장님이 부재중이셨다.

그 후, 암 발병 소식을 접하고 개인적으로 느꼈던 허탈함과 상실감은 말로 표현하기 힘들 정도였다. 1개월 전 이 사장님의 자서전 발간을 축하드리기 위해서 회사 직원들과 방문했을 때, 10여 년 동안 알아 왔던 건강하신 모습과 달리 항암치료로 여위신 모습을 보니 나도 모르게 눈물이 났다. 이 사장님이 투병일지 형식으로 기록하신 자서전을 읽어 보니 힘든 몸 상태에도 불구하시고 하루하루 의미 있고 보람되게 마지막 삶을 정리하시는 모습에 왠지 모르게 숙연해졌다. 생전 이 사장님과의 마지막 대화에서조차 회사에 대한 걱정과 회사 구성원으로써 끊임없는 자기 계발의 중요성을 말씀하시는 부분에서는 네이처런스에 대한 무한한 애정을 느낄 수 있었다. 이 사장님의 젊음과 땀이 녹아 있는 네이처런스의 발전과 성공을 위해서 회사 구성원 모두가 노력하는 것이 이인영 사장님을 추억하고 기억하는 일인 것 같다. 끝으로 네이처런스 구성원들과 함께 이 사장님의 기억과 추억을 공유하며 네이처런스가 성공하는 그날까지 같이 걸어가고 싶다.

홍준표(네이처런스 직원)

"홍 반장, 그… 돌잔치에 갔던 둘째인가…. 이름이 뭐였지…."

"네, 지윤이요."

"그래, 큰애가 지수고 둘째가 지윤이…. 맞네, 지윤이…."

"이제 몇 살 되었지…."

"네, 올해 중3 올라갑니다."

햇볕이 유난히 따스한 5월의 어느 날 점심을 먹고 돌아오는 길에 이렇게 물으시며 "차나 한잔하자"라고 당신의 방으로 나를 부르신다.

그렇게 이어진 담소에 내 아이의 안부를 유난히 물어 왔다. 이런 담소는 처음은 아니었지만 그날은 다른 날과 다르게 많은 부분을 아이들 얘기로 시간을 보냈다.

"그 애 돌 때 홍 반장이 입사했으니…. 지윤이가 중3이면… 홍반장 이제 몇 년 되었지…."

"네, 이제 15년 된 것 같습니다."

"벌써 그렇게나 되었군…. 참 세월 빠르지…."

"그렇게 아이들 크는 걸 볼 때 홍 반장은 어떤 기분인가?"

갑작스러운 질문에 잠시 당황했다.

회사 생활이나 근황을 묻곤 하시었지만, 이렇게 개인적인 감정을 묻는 것은 처음이었다.

잠시 숨을 고르고 내 생각을 말씀드렸다.

"요즘 집사람이 머리도 빠지고 흰머리도 늘고, 점점 할아버지가 되어가서 속상하다고 제발 관리 좀 하라고 구박입니다. 그럼 제가 뭐라 하는

지 아세요?"

"그래, 뭐라 하시는가?"

"이 사람아! 내가 늙어야 그만큼 우리 아이들이 크는 거야! 내 청춘의 세월이 지나야만 우리 애들의 세월이 쌓여서 쑥쑥 자라는 거야. 그럼, 집사람은 말도 안 되는 소리라고, 애들은 알아서 잘 자라니까 본인 관리나 잘하라고 놀립니다."

"허허허, 홍 반장답군…."

사장님의 맞장구에 신이 나서 말이 많아진다.

"사장님! 저는 세상사에도 무언가를 얻으려면 무언가는 잃게 되는 '질량보존의 법칙'이 있다고 생각합니다. 제가 흘려보내는 세월만큼 아이들의 새로운 세월이 축적되어 좋은 어른이 될 것이라 믿거든요."

"인생도 '질량보존의 법칙'이라…. 재미있는 가설이네…. 홍 반장! 그럼, 나는 애들 다 키웠으니…. 남은 질량을 이곳 회사에 쓰고 있는 셈인가? 남은 게 많이 있어야 회사를 더 키울 수 있을 것인데…."

"제가 보기에 사장님은 남들보다 그릇이 커서 에너지가 넘치세요. 아직 많이 쓰셔도 충분하십니다."

"그런가. 홍 반장! 그럼 그 질량… 우리 같이 오늘도 불태워 보자고!"

"네! 사장님!"

"파이팅!"

그렇게 그날의 담소는 갈무리되었다.

마지막 담소였다.

이인영 사장님!

그땐 몰랐습니다.

당신이 얼마나 회사를 위해 질량을 사용하셨는지….

그것이 점점 줄어드는 것도 모를 정도로….

당신은 네이처런스 곳곳에…

당신의 에너지를 남기셨습니다.

정말 수고 많으셨습니다.

감사합니다.

이제 그곳에서는…

온전한 당신의 질량으로

모든 걱정 내려놓으시고 편안함이

가득하시길 바랍니다.

남은 회사의 부족한 부분은

당신의 뜻을 이어받은 저희들이…

각자의 질량들을 보태어

더 크고 튼실한, 당신이 꿈꾸시던…

그런 네이처런스가 되도록 노력하겠습니다.

다시 한번 이인영 대표님의 영면을 염원합니다.

김미경(네이처런스 대표)

　나에게 이인영 사장님은 사업가이시면서 연구자요, 역사학자요, 철학자요, 문학비평가요, 시를 좋아하고 꽃을 좋아하신 자연인이셨다. 해마다 봄이 되면 회사 울타리 양지바른 곳에 옹기종기 자리잡은 수선화가 이른 봄을 알린다. 추위를 잘 견뎌 내고 땅 위로 조그마한 싹이 올라오면 "김 소장, 수선화 싹이 나온 것 봤어요?", "김 소장, 수선화 꽃 핀 것 봤어요?" 하시며 봄을 알려 주신다.

　올해에도 회사 울타리 주변의 수선화는 봄을 알려 주었다. 정호승 시인의 「수선화」가 부쩍 마음에 자리를 잡는다. "울지 마라. 외로우니까 사람이다. 살아간다는 것은 외로움을 견디는 일이다…."
　오늘도 우리들의 시간은 흐른다. 분주한 회사 업무 속에서 숨 고르기를 하라는 따뜻한 위로를 사장님이 남기셨구나…. 감사합니다.

글을 마치며

이 책은 나의 쾌유를 위해 기도하고 돌보고 마음을 쓰시고 책을 통하여 나와 공감을 나눈 모든 분께 바치고 싶다. 나는 살아 있는 동안의 생각에 대해 공감을 나눌 수 있는 사람을 찾고 있었던 것이며 그분들과 소통을 하게 된 것을 매우 기쁘고 보람 있게 생각한다. 앞에 몇 분의 지인이 보내온 감상문을 적었는데 이분들뿐만 아니라 전화로 만나서 담소로 그리고 많은 분들이 마음으로 성원을 보내 준 것을 고맙게 생각한다. 내가 연구생활과 회사생활을 마치면 꼭 하고 싶었던 일을 하게 된 것이다. 또한 이러한 소통은 내가 투병생활을 잘 이어 가고 생명을 연장할 수 있었던 큰 동력이자 힘이 된 것이 사실이다.

2권을 쓰게 된 것은 이러한 맥락에서 투병생활을 하면서 가장 보람 있는 일이 글을 쓰고 이 글을 같이 교감할 수 있다는 가능성에 내 삶의 의미를 두기 때문이다. 아마도 이 글들이 책으로 발간된다면 아내와 자식들의 공로일 것이다. 투병을 하면서 느낀 것은 사회에서나 가정에서나 크게 문제없이 잘 살아왔다는 확신을 하면서 삶의 의미를 되새겨 본다. 가족들이 내게 준 헌신과 애정은 비록 내가 많이 부족했을지언정 잘 지내오고 자라 준 것에 대해 새삼 감사드린다.

같이 걷는 길 ②

ⓒ 이인영, 2023

초판 1쇄 발행 2023년 6월 26일

지은이	이인영
펴낸이	이기봉
편집	좋은땅 편집팀
펴낸곳	도서출판 좋은땅
주소	서울특별시 마포구 양화로12길 26 지월드빌딩 (서교동 395-7)
전화	02)374-8616~7
팩스	02)374-8614
이메일	gworldbook@naver.com
홈페이지	www.g-world.co.kr

ISBN   979-11-388-2056-1 (03810)